Sully Prudhomme

1901

“因为他的诗作体现了崇高的理想主义、完美的艺术造诣，以及心与智的珍贵结合。”

〔法国〕普吕多姆◎著
徐春英◎译

孤独与沉思

北京理工大学出版社
BEIJING INSTITUTE OF TECHNOLOGY PRESS

颁奖辞

瑞典学院常任秘书 C.D.威尔逊

诺贝尔先生将自己的大笔遗产捐赠出来作为诺贝尔奖的奖金，这曾使得整个世界为之震惊。他因为个人事业的关系，喜欢且专注于研究大自然，所以，诺贝尔奖涵盖了科学的新发现；同时，他那种宽广仁厚的胸襟使得他增设了和平奖。虽然文学奖的位置相对科学发现奖较为偏后，不过却是他个人最为关心和重视的。

在文学领域工作的人应该觉得幸运，因为你们所做的事情正是诺贝尔先生尊重的，也成了奖助的对象之一。至于它的位置，那是因它的性质决定的，它代表的是人类最高级的精神文明，如同最美丽且精致的花朵一般，而这样一朵精神之花的盛开是需要建立在物质和现实的土壤之上的。

不管怎样，获奖者在接受这项当代的崇高荣誉时，其意义和价值将远远超过那些黄金桂冠所体现的物质重量。

诺贝尔文学奖中的“文学”，将引申至它的外延，根据基金会所指定的标准，提名的作品不仅仅包括纯文学，而且也适用于一些体裁创先或者具有深厚文学价值的作品，这是它独特的立场；这样的规定将评选的范围扩大了不少，但给作品的选择和评价增加了难度。对于那些同样优秀、难分高低的抒情诗、史诗或戏剧作品，我们不知道要把奖项颁给哪一种才好，这就好似在历史、哲学、诗歌领域顶尖人物的角逐中，我们不知道该倾向于谁，难度甚至超过这种情况很远。幸运的是奖项每年都有，如果一个优秀的作家所获得的成就足够得到认可的话，那么他得到诺贝尔奖的肯定就不仅不限于今年、明年或者后年，任何时候都是有希望的。

此次被提名文学奖的优秀作家很多，而且每位作家都享有世界性的声誉，作品在文学技巧上也不相上下。经过评审组的严密审核，在综合各种观点、仔细斟酌后，我们选择了来自法兰西学院的诗人哲学家苏利·普吕多姆，他是最有资格成为第一个获得诺贝尔文学奖的得奖人。

普吕多姆于1839年3月16日出生。他的卓越才华早在1865年的作品《音节与诗篇》里就展露无遗，随后他又推出了一系列的诗集、哲学以及美学的相关文章。很多诗人都是把焦点集中在外界，在作品中大都是描述人生经历的过往。普吕多姆则与他们有着较大的差异，他的作品包含着细腻的内省，而没有涉及那些意象和外化的情境，即使涉及顶多也只有一些诗人沉思的反映：无法解开的疑云、忧伤和无尽的精神渴求，这些是最常在作品中出现的主题，它们有着成熟的形式，每一处都精雕细琢地展现，既严谨又灵活的用字造词，毫不马虎。丰赡华丽的色调在音乐性上没有过多追求，不过在他独创的形式中，对感情与意志的诠释却游刃有余。读者可以在哀怨的基调中感受到他灵魂深处的神秘孤独且玄妙的冥思，被其忧郁的气质所感染。

正因为他那优美精巧的辞藻和融会贯通的艺术魅力，普吕多姆成了当代名副其实的大诗人之一，他的很多作品都好似不朽的晶莹宝玉。瑞典学院对他的那些抒情诗非常喜爱，觉得既小巧又清雅，更甚于其他那些哲理诗歌或者教化诗，因为其中蕴含了细致的感触与思想，且是非常难得的情与理的结合。他将它们展现得如此高贵和庄严。

在做出最后决定之前，作品还有一个特色需要阐明，那就是，普吕多姆诗作中饱含了他对世界的质疑与思考；然则，不论思维多缜密、观察多敏锐，也无法从中获得进一步的突破从而最终找到想要的结果，也无法在道德、良心、责任等诸如此类无法辩驳的领域来规定和确认人类在大千世界中的归途。就这个方面，普吕多姆不仅仅是一位比其他人更优秀的作家，也与诺贝尔先生在文学领域要求的理想主义色彩相吻合，学院当局确信他完成了诺贝尔先生的心愿。因而，文学奖的首次颁发，我们特地在诸多著名的作家之中将他选中，以资鼓励。

普吕多姆先生已经答应接受这份荣誉，但因为身体状况不佳，非常遗憾不能亲自出席。我们在此恭请法国公使代为接受，请以瑞典学院的名义将此荣耀转达。

致答辞

（普吕多姆因身体状况欠佳，没有亲赴斯德哥尔摩领取诺贝尔文学奖，由法国公使马尔尚先生代领，故未致答。）

目 录

考　验

灵　感

这一只孤孤单单的彩鸟，
落于某位女郎肩上；
然而，她薅去它绮丽的羽毛，
用它的整套彩衣，制造了悲伤。

鸟儿的温热还留在羽绒上，
忍心的嘴巴呼出微风将它吹远。
这鸟儿便是我心；作此大恶的，
是我每每噙着眼泪想起的女伴。

如此游戏使她欢愉，令我心痛，
我哀伤地望着这一切，
任她以心爱之美作乐，将它吹入茫茫空中。

她喜欢扬起头，以吹息
摇晃我的梦，我便是那所谓诗人。
若能令这梦不受此折磨，我情愿自己什么都不是。

疯女郎

为了一种曾在德国见过的花，
她四处流浪，访诸每个孩子，
那是一种柔弱、暗淡的野花，
有着一如爱情之告白的香气。

自她从德国旅行归来，
这一记忆便困扰着她，
那朵见于德国的野花，
于她或有要命的魔力。

吻着那花冠，足以神往另一个世界，
嗅着那芳香，便可以看到一座天堂，
她还说，花中可以察见幸福的心肠。

许多人动身去寻找她想要的这花，
但它如此稀少，德国是如此之大，
疯女郎喃念着花香，告别了人世。

献　词

请与我的诗歌密谈；
原谅它们碍于虚名，
为爱情而歌，却遗落了你的名字，
为灵魂而作，却每每写的是别人。

我爱的女子，你最知道，
它们对别人了无意义，
其中温情只为你倾吐，
我是有意将你向别人隐藏。

当你在深夜里哭泣，
一支白烛，以它柔和的光焰投之将熄的炉火，
于黯淡处发亮，于晨曦中消没。

也如这白烛，如它柔弱的烛焰——
我的诗歌，只为你灵魂的黑夜而作，
一经被人窥破，便要苍白失色。

达娜伊特[①]

四姐妹个个如此，一手叉在腰间，一手搂住瓦罐，
卡利蒂，阿弥莫娜，阿加威和戴阿诺，
她们变成奴隶，有怎么也做不完的活，
终日在井沿与漏水的酒桶之间奔波往返。

唉！粗粝的瓦罐磨肿了细嫩的白肩膀，
纤弱的手臂累得动弹不得：
“深渊啊，我们日夜为你斟饮的恶魔，
你止不住的渴，究竟要拿我们怎样？”

她们丧气，空酒桶令她们心里害怕；
但那最小的妹妹，并不那样悲伤，
她唱着歌，鼓舞了姐姐们的信心和力量。

这便是我们憧憬的成果与命运：

①达娜伊特，系希腊神话中埃及国王达那奥斯的五十个女儿的总称，她们奉命在婚礼之夜杀死自己的丈夫，仅有一个女儿例外。为此。她们被罚在地狱装填无底桶的水。“达娜伊特的酒桶”意为“做徒劳无功的事情”。

她们时常灰心，年轻的希冀
总对她们说：“姐姐们，让我们从头做起！”

劝 勉

我的孩子，世界于你如此新奇，
如不肯安于巢窠的雏鸽，
跃跃地打量着春日的惊喜，
你的美德，要在那里寻找安然存活之道。

以金子的纯净，你大可以去喜爱它；
以衣衫的洁白，你大可以去喜爱它；
或当你驻足在紫罗兰之前，
以这花儿的美丽简单，你也可以去喜爱它。

愿你视这衣衫如一切有福之美德的象征，
若你心作此想，
便会令一切奢侈黯然失色、嫉妒不及。

当你浑然无恙地从世俗的舞会归来，
褪去一身枯萎的衣装，
一切令人愉快的东西，都在你的身上！

音　符

为何我陷入喑哑!
我懊恼得要死，觉得诗在胸膛里生长，
却不能将它化成痛苦沉埋，
如我曾安置心那样。

泠然的歌子自唇边飞抵天穹，
于其后划出一道高声的痕迹，
白发朱颜的灵魂较歌声更轻，
在如今令它恸哭的老天堂里踟蹰。

如风之羽翼拍打着露珠，
音符令我的诗足下生翅，
让它的律动更其悦耳又嘹亮。

恐怕最是乖驯的一个字眼，也要将你吓坏，
美丽的女郎呀，你却能唱出来，
若蒙您允许，请让我听听这和了曲的文字。

担　心

如果可以，我愿意，从今天起好好对她，
让她内心满满是自己的可爱，
对她说“请”而非“你应该”，
为做错的事情，向她道歉。

可内心的抱怨何等酷烈：“不！”
我的全部自尊对着奴性之爱呐喊。
不！我便是我，我的意志不可拗转，
纵要担心被弃，也该是她不是我。

时时将自己的弱点向她展露无遗；
心怀嫉恨地以不公的伤害对抗她，
我觉得，自己心里生出一种残忍。

她对此全然无知，以我为卑鄙，
呀！若你只是一个灵魂，我会待你以绕指柔情！
须知，是你的美丽让我狠下了心肠。

背 叛

爱之弥深，从中醒来愈是残酷！
插起篱笆，自以为躲进万全之所。
实在是白日做梦！你恐惧，
因你曾壮着胆不管不顾地睡卧。

背叛有其面目，一如忠诚！
以至你不再相信那真实的眼泪，
倘若是友情为你敷掩了这创口，
男儿的失落也会将它重新撕开。

你如此之近地品尝了羞辱的苦涩，
你雄壮的心里充满了不甘的痛苦，
它承受，并以这痛苦做了慰藉。

若你想记住这仇恨，便不如带着它，
在日光下走动，逃避那惨白的月亮，
你将惧怕那最甘美的回忆，甚于死亡。

亵 渎

美啊，你让她们的躯体和神灵一样，，
你难道为诸神所捉弄，
至于从天跌落，委身荡女，
令此等将朽的心反得了你鲜活的光亮？

请再度给这心以纯洁与力量，
得你青睐的人真有如此之少？
以笑靥藏起耻辱和内中之愧，
为此，你竟受了怎样的奴役？

美呀，莫再亵渎你自家，
从女伶脚下躲避，回去天庭吧，
莫再玷污那为寻你而来的天才与爱情。

躲避这些雪白的女子，永远地离开，
再或者，按着其赤裸的灵魂，
给她们的形体以一副无从骗人的脸蛋。

致浪子

苦哉！心以坚金铸造：
未见磨损，便已空空，
未若陶土烧制的瓦罐，
用不多时，便可碎入尘埃！

享乐觊觎在罐边，
万不可任其牛饮，
慎守你罐中清水，
当心多岁之积，一夕散去。

敬惜它哟。
可怜多少庸人，于热闹的酒神日拎着美丽的瓦罐，
任内中香气散于偶像之前。

忠诚或负心的情郎，终有一日他将觉得，
纵令还有处子的朱唇吻上他的心，
他敞开的胸怀，却再也无物可以倾倒。

伤　口

卒子中枪，呼痛倒地；
人们将他搬走；以乳香洁他伤口；
伤口不日愈合；明媚的天气里，卒子坦然行走，
他觉得伤口已然痊愈。

然而，一经回到那湿冷天气，
他便感到从前的痛苦还在咬啮，
由此，他觉得伤口仍未被医好，
那铁的纪念还留在他肋里。

便是这样，我的思想也如这天气流转，
于我灵魂上往日的瘢痕处，
可怕的忧伤也随它慢慢重来。

一泪，一歌，一语，
同我寄身其下的高天上的云朵，
皆令我感此内心宿昔之愁的尖牙。

命 运

若我能于一双丑陋些的眼睛里领教爱情，那有多好！
那样我便可以不再这样长久地
于世间忍受这仅存的无从以刀斧消灭的心事，
纵令它再远，于我的记忆也历历如新。

噫！我怎能吹熄这淡蓝色的眼睛，像吹熄一支蜡烛？
它于我孤独的心上闪光发亮，
便使我能够披上坟圹里阴郁的黑幕，
也无计安然地度过一个晚上。

我情愿自己如你们，
最先爱上的是某人的品格，而非这害人的光彩！
这令人逾于欲望又超出心力的美貌！

我原可随心去爱，
可我的爱人，她一经选定，
便像自家的姐妹一样，再也无从更换了。

他们将何往?

如彼为爱而死之人，不会进天堂:
他们再不得见那夜晚、溪流和小路，
他们再也无计于那至圣之所，
一尝远胜甘美之吻的蜜糖。

如彼为爱而死之人，不必入地狱:
他们已为朱唇所烧灼，
他们的胸膛被魔鬼的指爪挖破，
抓攫他们不仁的漠视和顽疾的猜忌。

他们将何往？如何的大痛与极乐，
若一切墓中之心皆可同于此感，
其苦难与欢乐，又何能企及他们？

既然，他们于人间就经历了地狱和天堂，
整日担惊，不得所愿，
那么，他们死后便只有魂魄散尽，归于乌有。

救世的艺术

若舍此天穹与大海，再没有其他的蓝色，
舍此麦田再无金黄，舍此玫瑰再无嫣红，
若舍此冰冷之物，再没有美的栖身之所，
那么，欣赏这美断不至于苦涩。

然而，导人于苦楚的诱惑，
也随这大海、麦田、天空与玫瑰而来；
美眸与娇笑，动人的光彩，
多么昂贵的一切，一个女人楔入了你的灵魂！

爱，我们的痛苦因此没完没了：
上帝造美以和谐，
却造爱以没有回应的叹息。

不过，我愿意借这圣洁的艺术作甲胄，
去直视那娇唇、美眸和金色的秀发，
如欣赏玫瑰、大海、天穹和麦田。

墓 室

他们责我：“强者善守秘密，
你丝毫没有在乎日常的悲伤，
过于欢乐的双目里，全无痛苦的意思。”
啊，这种本领令我倾尽心血！

为救这短暂可爱的肉身免于速朽，
为神明所不悦的入殓师，仓皇却无愧地，
以无畏的手摸入死者肺腑，
将香料精当地填放进去。

我也以自己的悲哀，造出一种技艺，
较之没药和甘松草，我的诗更可以防腐，
它将为我收藏满葆爱情的青春。

我于心田掘出墓室，
为这青春的新鲜，我想狠心地将它关上，
为这青春的永存，我该违心地把它打开。

僭妄的虔诚

主啊！
若我于孤僻之地饮羊奶长大，
无人看管，笨口拙舌，
心与眼都不曾蒙你光照，

那么，我就可以浑然投入你怀中，
享受这欢乐，胜于学习任何知识；
若我能以好奇而非盲从信奉你，
我也不会失去自己的安宁与自负。

然而，它们对我的灵魂穷追不舍。
它们令我盲目，摇晃我内心微弱的火焰，
在你降临的那天。

你的道路垂下圣幕，
我舍去一切，不得与你相见，
我的虔诚，与亵渎无异。

祈　祷

我满心，很想祈祷，
冷酷的理智却要我忍受它们。
笃信的修女所许下的圣愿，
殉教者的血，圣徒之道。

我的爱欲、眼泪或莫大的悔恨，
这一切，都不能使我重拾信仰。
我的苦恼亵渎又神圣：
我的怀疑诅咒内心的欲望。

但是我想祈祷，我太孤独了。
此刻我双膝跪地：
主啊，我在等你，主啊，你在哪里？

我徒劳地双手紧扣，额抵《圣经》，
口中重复着我勉强会背的“信经”，
眼前一片茫然。这太可怕了。

欣于死亡

《对话录》[1]以霹雳闪彻灵魂，
《四福音》[2]却给人心以甜蜜。
施以香膏令脆弱的理智得以永久存活，
它如细乳流淌，有没药的香气。

圣洁的教义于一切无所证明；
但一切令人鼓舞：膏抹基督的信女，
宽恕其卑贱子民的勇气和德行，
迎向耳光的脸颊，向痛苦洞开的灵魂。

这是一本好书，将死之人于此获得信仰，
理智枯萎之人藉它重拾陶然，
弥留者也能在此找到大度的帮助和安息。

宣教者，纵使我汗流满面却抗拒你不得；

①古希腊哲学家柏拉图的文艺著作。
②《圣经》中讲述耶稣生平及其教义的宗教著作，分为《马太福音》《马可福音》《路加福音》《约翰福音》四部。

我已无力怀疑，或许我将怀着信徒的盼望
下到阴间，却不怎么悲伤。

大熊星座

于牧人游走于加尔代[①]之先，
于躁动的灵魂领有肉体之先，
于其被察见之先，大熊星座，
这浩海之中的岛链，便已然灼灼闪光。

此后，无数世人曾凝望于
它那茫然散照的绝远的光芒；
这光芒于每人眼中各不相同，
它将以此照亮最末的死者。

你不是信徒，你并不如信徒般对此惊觉，
那无从改变的真切单调的面庞，啊，
就像黑色被单上的七枚金色的钉子。

显然的钝感与冷漠的光线，
你并不符合于信仰：然而，最早令我
省察自己并晚祷的人，却是你。

①即巴比伦古国。

消失的呼喊

一个年代久远的古人浮现于我目前：
他是个建造高大金字塔的苦役，
为克奥伯斯[①]堆积的花岗石将他的同行挤扁，
他于那些胆怯者中间消失。

他弯腰屈身，膝头因背负的巨石而颤抖，
迫人窒息的热浪令他几欲摔倒，
涨红的前额现出醒目的皱纹，突然间，
他一声大喊，如一棵大树般崩断。

这呼喊颤动阴森的天空，战栗空气，
它不停飞升，达于星际，
占星者于其间看到这悲惨的命运的游戏。

已然三千年了，它仍在飞升，
追寻着上帝与公正；而于巨大的墓穴下，
克奥伯斯仍是头枕着荣耀熟睡，不见朽坏。

①埃及第四王朝法老，公元前2600年他令人建造了几赛尔最大的金字塔。

一切尽有与一切全无

我有如此相像的两个愿望，
破烂烂的囚衣与毛茸茸的玫瑰，
玫瑰要永不会凋谢才好，
囚衣要折磨人至死才好。

片刻的安慰唤起恒久的痛苦，
最小的不安实是最大的不幸，
若要欢喜地过完一生，
虚假的幸福不如真正的痛苦。

或是刻苦己心，或是纵情狂欢，
或是躲避贪婪，持守清洁之心，
或是耽于声色，一切受之无愧。

然而，这圣洁的和可鄙的都使我觉得，
是伊沙依[①]的炭火与恶意女子的爱吻，
在交互着惩罚和迎合我的嘴唇。

---

①公元八世纪的犹太四大预言家中的第一位。

角力

每日夜里，我都为一种新的怀疑所折磨，
这陌生的妖怪，我向它挑战，
肯定和否定折磨着我的思想，
它于我夜深难眠时显得愈加可怖。

没有烛火的阒静中，我睁大眼睛，
我想死死抱住这个巨大的怪物，
欢乐已被从我狭窄的卧床上放逐，
我同它角力，却如置身坟墓般动弹不得。

有时候，我的母亲掌着灯来察看我，
见我满头大汗，便问：
“我的孩子，你因何不适？为何不眠？”

她担忧的善心令我感动，
我一手抵在额际，一手按在胸前，
回答她：“母亲，我整晚都在和上帝角力。”

红，还是黑

帕斯卡尔[1]，为救赎自己我该信奉哪个上帝?
——你在迟疑吗？信我的上帝最灵。
或是，或否，你要承认这两者并掷下赌注，
或红，或黑，你要追求它们且不要停止。

为不朽的荣誉，你以欢乐冒险；
而放弃赢得永恒，
你只消交出生命便可，
能够肯定的东西总会多变的天赋更轻省。

——发发慈悲吧，大师！
我的手伸出又缩回，如赌桌前欲罢不能的赌徒，
我迟疑着，生活是如此合理而甜蜜！

我以我的生命厌弃这无人道的抉择：
于理性没顶处，心仍自有它的理性，
若我深受其害，这该是你的错罢。

①十七世纪法国哲学家、科学家和作家，著作有《思想录》等。

古董铺内

乱糟糟的数千件什物中，
一个旧的象牙基督圣像，面向大道，
向它失落的信仰作最终的告别，
它觉得久已疲倦的双膝正弃它而去。

在它对面，象征着旧艺术的荣耀，
一尊维纳斯从低至腰间的衣衫中亭亭现身，
自然又神圣，极尽裸露之美，
失去了手臂，如一根奇曲的藤条。

安然的快感，巨大的柔情，
它们于匆匆的行人再无半点爱抚，
后者被折断双臂，前者被钉穿双手。

全无怜悯的男子，把它们买来又卖掉；
在不安之夜里，他同女子就价钱争吵：
迷人的拥抱却再也无从见到。

上帝们

劳动者的上帝如同一位衰老的世俗君王，
播种在哪里，便统治着那里；
神甫们所口称的上帝统有更其广大的辖区，
圣灵、圣子与圣父，三位一体[①]。

自然神论者落眼于远方不可知的圣物，
世界在他的圣颂中由此开启；
他对一切装神弄鬼的文士报以嘲笑，
呼他的上帝为自然，并以它制订了一条法律。

更有甚者，康德[②]也不清楚确否存在着什么，
费希特[③]占领了弛废的神庙，自称为神，
如此世间便永远不会缺少上帝。

---

①基督教的主要教义之一。它认为上帝只有一个，但他具有三个不同的“位格”，即“圣父”、“圣子”、“圣灵”，这三个位格虽然各有特定的位置，却是“同一本体”的三个不同方面，同为一个独一真神，而不是互相分立的三个神。
②康德（1724–1804），德国哲学家，德国古典唯心主义的创始人。主要著作有《纯粹理性批判》《实践理性批判》等。
③费希特（1762–1814），德国古典唯心主义哲学家。主要著作有《知识学基础》《论学者的使命》《人的天职》等。

便是这样，无数的疯子无休无止地
从虚无走向崇拜，从亵渎走向敬神！
上帝既非无有也非某人：它是一切。

好　人

这是个羸弱而随和的好人，
他一面仔细地擦拭眼镜，
一面将上帝的真相阐释成格言，
直白得令人难以置信。

这个好脾气的人不含糊地宣称
一切善恶皆是前人废话，
如木偶戏中活灵活现的角色，
一切本出自人手适时的牵引。

他信奉《圣经》而极尽虔诚，
他不愿于其中看到有悖自然的神祇，
对于这一点，犹太教意见很大。

躲开犹太教的纠缠，他仍是擦拭着眼镜，

去帮学究们数星星，这个好脾气的人，

便是斯宾诺莎[1]的巴鲁施[2]。

①斯宾诺莎（1632—1677），荷兰唯物主义哲学家，近代唯物主义理论的主要代表。他认为上帝由无数属性组成，人只能认识其中的两者：广延与思维。这个不确定的世界里，人要是相信自己就错了，最明智的是试图了解我们的行为如何被确定。

②巴鲁施：《圣经》中的先知热拉米之信徒。

迟　疑

难以计数的太阳呀，
你们如我一般无知，或是更甚，
你们不知何所循蹈而听任摆布，
以瑟瑟之光徒然将山谷照得金黄。

初绽的玫瑰，你也如此，
睡莲、鲜花和草木，你们统统一无所知，
一切可见的人世与不可见的他世，
我所不了解的途与归，你们也全然无知。

处处皆是无知；神祇既不存在于俗世，
亦不会于黑暗的原子中起身
呼喊：“我在，我是！”

如此离奇的实情，难以猜度，
它是理性和智慧的障碍，
愿宇宙及一切于无知中成为上帝！

忏　悔

一宗大罪随着我亦步亦趋，
胆怯的神秘使它抱怨衰老；
愧疚的牙齿使它无法缄默，
趁我不注意，它开口大叫。

我想摆脱这恼人的沉重秘密，
这需要一个善良的保守者的胸怀，
为找到这样的黑夜，我在地上掘洞，
从那儿将自己的罪过向上帝忏悔。

多么幸福，凶犯得到了神父之手的宽恕；
他行凶所流的他人之血已被擦干，
那现于暗处的血痕他再也不会看见！

我毫不隐瞒地向上帝坦白自己的罪过，
在我倾吐的地方生出荆棘，
是否已得到饶恕，我始终不得而知。

两种眩晕

旅人于至高的山巅，
透过满目的玫瑰色迷雾，
以恐惧这巨大的探测器，
丈量着战战两股前的无底深渊。

这一眼令我成为鲁莽的受害者，
我于理智之巅，瞠目结舌地，
窥探着这充满欺骗的世界的深渊，
致使内心的深渊从此跟在我身边。

不同的深渊，一样的不安：
乌有的浩瀚令旅人着迷惊讶；
上帝的惶惑于我心中闪起寒光。

但他的晕眩并不使人奇怪：
他失色颤抖，人们习以为常；
而我却被认为像个疯子；不知为何。

疑　惑

洁白的真理藏于深井之下，
众人对此毫不留意或专心躲避；
我却一人在那里摸索，
以多愁的爱，穿过至黑的夜下入井底。

我将绳索尽量放长，将它放至尽头：
我环顾着，眼神慌乱，伸出手臂，
无所看见也无所触碰，
我便晃晃悠悠地悬在那里。

它在那里，因我听得见它的喘息，
如一支永恒的钟摆，我为它所吸引，
来来回回，徒然于暗中摸索。

难道，我再无法延长这摇晃的绳索，
再不能重见那诱人的愉快的天日？
难道我要在这恐惧中晃荡终老？

墓　中

人们当他已死，他却自睡中醒来。
一阵战栗传过他麻木的躯体，
他呼喊，竟无人应答！
他高声地诅咒从诡异的顶棚上回落。

黑暗形成巨大的空白，
他于其中孤独地倾听，转动双目，
它们因阴影与渐增的恐惧而呆滞，
他慌乱地抓攫着无尽的黑幕。

仍是无人！
虚弱而迟缓地，他试图站起来，
呜呼，头脚和腰身却六面碰壁！

安睡吧，灵魂，别再妄想起身，
若不想试试被活埋的感觉，
就别动弹，也别作声。

休　息

放弃爱，放弃神，
这两样令我大吃苦头，
我将不用再去亲吻马蜂的毒尾，
从劳而无功的钻研中得到解脱，

放弃爱，放弃神，
愿我不必再受欲望烧灼，
不被事物的永恒之道压垮，
愿我善终，如雕像一样活着！

如土地神愉快地落座在方形神几上！
向自然借得庄严的生命；
权以一块青苔作他的绿头发。

牵牛花扮作他不解叹息的双唇，
和善的常春藤作他的腰身，树叶作心，
一双笑眼，由两朵常春花凑成。

午　休

我要在青草间度此盛夏，
头枕双手，两眼迷离，如此仰面躺着，
不以愁叹惊动玫瑰的呼吸，
不惊扰那伴着低低的回音的熟睡；

时光飞逝，诸事改变，我将无惧地
交出自己的一切血与骨和整个身躯，
平静安稳，请一切为世事操劳的众生
于通行的秩序中不侵扰我的安息。

为日光照亮的金色亭台之下，
我的双眸畅饮着蔚蓝的天色，
不尽的喜悦由睫尖进入我心。

念及众生，“他们正何所事事？”
回忆中的爱恨将安慰我的衷肠，
一如远方之海经久不绝的喧响。

天　空

人们安然仰卧于大地，
高天有如此壮阔明朗；
他们喜欢，收起细弱的喘息，
恣意看天云幻化空际。

一切尽在那里呈现：白雪的园子，
长长的披巾，会飞的天使，
又或是滚沸满溢的乳汤，
多姿而令人难察其幻化。

一朵游散而去，一朵接袂而来，
湛蓝天色极显明净而纯洁，
一如水汽散去之后的精钢。

生也如此，随年岁幻化，
我亦只是一声叹息，
吹拂那天云，于永恒中消散不见。

水　上

我听到浩浩流水接摩河岸的漂溯声，
我听到间隔以钟头计的岩壁落泪声，
幽咽的泉水那温驯的哀伤，
桦树的木叶那隐秘的战栗。

我不觉是河流催送着这一叶轻舟，
全以为是开满鲜花的河岸在流淌；
于我眼底消逝去的深深碧波上，
倒映的蓝色天穹如幕布般发抖。

河水在睡梦中跌宕奔涌，
不再以堤岸的束缚为意，
一朵浮花犹疑着不知靠向哪一岸畔。

众生的一切渴望便如这花，
它于生命的浪尖上浮现，
由此，我便不知欲望该归于何处。

风

飘风吹起，天空翻过粗犷的呼啸，
巨大的云块彼此追逐，
巨响如钟鸣，黄叶飞舞，
有不知名的野兽于密林深处哀号。

我闭目静听，我以为，
我听到了昼夜不息的鏖战；
那被掳和被赦之人的呐喊，
自由的喧声，国王们的炮声。

可我宁愿，今日这来自囊昔的大风，
吹散那一束凌乱的记忆，
不再令它唤起我的悔恨和希冀。

似乎如此，这大风徒劳地游走，
疯狂吹息，抽打我的头颅，
除了吹动发丝，它却无奈我何。

最初的时刻

于醒来前，我已向白昼致意，
它将我沉重的眼睑染黄，
在沉睡中，它的第一道天光，
便已穿过睡意，进入我心里。

我静卧不动，如同
刻在墓碑上安息之人的名字，
明亮的思想自我额头下升起，
不待睁眼，阳光便已临到我。

晨鸟那清新纯洁的问候已近尾声，
使我的心变得舒畅明亮，
周身焕发着丁香那不可见的芳香。

挣脱了死亡又挣脱了尘世，
如此的一刻，我体验到
既非醒来也非睡去的美妙。

致康德

康德，我多想在梦中与你一道，
逃离这贪婪与冷漠的现实之地，
出于对那唤醒它的灵魂的感激，
梦的回应是如此正直、热情与友好。

你说，究这世界不过是大梦一场，
它是沉思者所抓不住的魅影，
是由理想而显现，没有止境，
过分残忍而不可信赖的表象。

和谐与芬芳，每种感官都是梦，
味道、颜色、美丽，表象皆梦，
人便将自身献与了这些虚妄的神明。

我激动，却对那激动我的毫不清楚，
我命名天空，天空却令我感到晕眩，
我拥有真实之物，自己却难以察见。

遥远的生活

明日之人，未经出生者，
有大椎的轰响与铁衣的碰撞，
并道路上一切的足音，
如声声闷响，闻于他们之耳。

于巨树下，听见柔和的涛声，
这杂响如无尽的盛宴，
搏动于成熟的处子腹中之先，
他们便乞求过生命和明白的福祉。

难道，竟无一个返回阴间的死者告诉他们，
这赞歌乃是由无尽的哀号所奏响，
他们安睡之处，正是洞开的地狱上方？

或者，就任这些不解悲喜、不知欲望的宠儿，
在他们空虚寂灭的世界里，
静听着那受诅咒的原子的回风呜呜作响？

翅　膀

高天啊，这一切你最知道：
幼时，我曾冒昧地想要一双翅膀；
自卑下之处，对永恒之天满怀渴望，
这理想不曾将你得胜的宁静打搅。

窒息的空气里，我觉得死之将至，
纯洁的高天！我正渴望着新的季节；
这错误总归在你，
因你曾以碧天与飞鸟将我们唤起！

我饱尝败绩，身心俱困，
世界之大，却容不下我的灵魂，
你何苦与我无力的爱情为敌？

是哪位善妒的神使，以恶意的欢愉，
为我插上一双硕大的翅膀，
它不停地拍打，压在我的身上。

最后的假日

死掉的七岁的孩子，他是有福的，
心还未到因享乐而滴血的年纪，
便在虚弱中死去，他睁大眼睛，
看着金黄橘树下的地中海变成蓝色！

曾经埋头功课的灵魂，不再受人摆布，
他一定十分满意，这般自由地消失。
他让别人听命，再也没有了教师！
母亲也对他俯首，就像是一位大姊。

这孩子，以自己的虚弱打败了强者，
别人给予他之前，他已得到了心爱之物，
别人原谅他之先，苍白已将他宽恕。

顽劣又懒散，无辜又惹人爱怜，
眼睛追着那飞驰的舰艇，一个夜里，
他做起旅行的梦来，便咽了气。

梦的真相

梦是藏于卧具中险恶的毒蛇，
它以爱意的绳索捆住我两臂，
以亲吻为我的嘴唇涂上媚药，
变幻出令我心情愉快的颜色。

它自我的睡枕底下爬出来，从此，
令我的血流如灼热的岩浆被凝住，
它缠绕我，盯住我，以我为俘虏，
令我觉得是别人在驾驭我的躯体。

我识破它虚与委蛇的把戏，
重压下徒劳地把身体蜷起，
却再次摔倒，我不能将它挣脱。

它的尖牙在咬我的心，翻找又啃啮，
我死了，困于这残败的梦。
“魔人的怪物啊，你是谁？”——“苦闷。”

生而为人

我活着的时候，就像一切懒骨头，
在旷野，在梦里诅咒着劳动，
又像是无所事事的怠工者，
洋洋自得，全不知工具有何用处。

我受苦，环绕我的尽是不幸，
哀号自城内和战场传来，
那是受了贯胸伤而仆倒的士兵
与睡在干草上的孤儿和穷人的叹息声。

啊！谁能够在此苦难中，悠然搭起帐篷，
满意地享受那不见天日的幸福，
像只求安睡之人那般无动于衷？

我做不到：这哀号环绕我如责难，
人世里的某物，刺透我心灵肺腑，
我想，我有爱的一切忧患。

故 乡

来吧！莫在嫉妒的小道上踽踽独行，
要在众人往来的大路上疾步向前，
抱成团的人们才会公平、强大又和善，
人人皆有不足，只有公众才最完整。

死人擅自立你作他们的继承者，
故乡将它最可骄矜的事物丢入模型，
它的名字时常激动高贵的感情，
从心下到眼上，如波浪一般奔涌。

来吧！广场上刮过来一阵狂风，
来吧！英雄气概飘荡在风中，
抖落去，你那一身多愁善感的颓唐。

由它激荡吧，让这风吹过你的竖琴，
让你的诗像旗又像鼓，
尽情飘动，于内心里砰訇地敲响。

梦

梦里，农夫对我说："我不再喂养你啦，
你自己去耕地播种，自己做面包吧。"
织布匠对我说："你自己裁衣裳吧。"
泥水匠对我说："快手抓瓦刀吧。"

我被各行各业的人抛弃，孤身一人，
处处受到他们毫不留情的诅咒，
当我乞求上天那至高怜悯的时候，
却发现我的路上有一个狮群。

我睁开双眼，怀疑黎明的真实，
勇敢的伙计已吹着口哨站在脚手架上，
田野已播下了种子，织机轰然作响。

我感到幸福，懂得了在这世界上
谁也不能自诩没别人活得照样；
从那天起，我热爱上一切人。

天地之轴

头顶青天的阿特拉斯[1]眉头紧皱，汗出如浆，
他叉腰站着，鲜血自他的鼻子里流出，
他不住地呻吟，叹息，又不停地痛哭，
他粗壮的须髯，低垂在结实又宽阔的胸膛。

“起来吧！赶制你们的犁头、马辔和杠杆！
被征服者啊，猛兽和森林，野地和海水，
会教你们如何将安逸的众神反抗。”
他向着那些为劳碌发愁的人，发出呐喊。

“你们的灵魂，难道就这样无知又怯弱，
他们将这最沉的轭加在我身上，
在我为你们受难时，你们却只知道闲逛？

“架起高大的山脉，筑起宽阔的城墙，
以此抵挡众神，好令我坚固的膝头上
那不息的劳作，总不至于空空地一无所得。”

---

①希腊神话中的巨人，普罗米修斯的兄弟，被宙斯打败，被惩罚背负青天。

车　轮

半人半神的圣者，是你发明了车轮，
你率先将刚柔并济的槭树折弯，
将一颗星辰放入这美妙的圆环，
你创造了这古老的杰作，沿用至今！

你的车轴，便是俄耳浦斯[①]的竖琴，
有了它，沉重的大理石也能穿过宇宙，
原本被其重量留在原地的石头，
如今像砂石上的水一般流淌行进。

大地因这响亮的滚动而哀叫，
地狱里，最出色的马匹也以你为傲，
想起它们从前轻跑着拉动的大车。
与此相比，阿波罗的车轮是多么逊色！

---

①希腊神话中的诗人和歌手，善弹竖琴，他的琴声可以使猛兽俯首，顽石点头。他曾随伊阿宋航海去取金羊毛，一路上借助音乐战胜了不少困难。妻子死后，他追到阴间，冥王被其琴声感动，答应让他把妻子带回人间，条件是路上不得回顾。当他走上地面时，想回头看看妻子是否跟在后面，结果妻子又跌回阴间。

看呐，它在战栗着退逃，窘得发烫，
只因你出人意料的速度，远在它之上！

铁

耕牛走过，明快的铧犁翻起稻茬，
深深切入肥沃的田壤，
大块的泥土被剖开，拱起成墒：
这令我们忘了土地本是多么坚实。

这粗活令手掌流血，铁却能承担。
它比榆枝更软，比石头更硬，
它是如此忠实于自己的使命，
在受力中忍耐，从不因磕碰而折断。

啊，古往今来，你们这些
有爱心或才能，被诅咒或顶礼的恩人，
我别无选择地爱戴着你们！

受称扬的后来者固然令我满意，
可若要我说，土八该隐[①]才算第一，
这位救星，正是那头一个谋杀者的后裔。

①据《旧约 · 创世纪》说，他是世上铁匠的祖师，是该隐的后裔。

受苦的力量

黑漆漆的铁匠铺里叮叮当当，
巨大的锻锤，尖鸣的刀锯，
切割机削铁如泥，毫不客气，
轧钢机双唇无情，冷酷心肠。

一切都在怒号，在这隐秘的地方，
白昼是黑夜，黑夜是烧红的黑夜，
似乎但丁[①]正在这里，抬起下颌，
且走且问，一副愁苦失落的模样。

这是驯良与可悲的力量的地狱。它说，
“是什么对手驱动我，又抗拒我？
我难道就拿这混乱没有一点办法？”

度量着这力量的潜能，人比它勇敢，
他们掌握许多它不了解的诀窍，
遥遥无期地推延了它歇工的时间。

①意大利文艺复兴时期的先驱，著作有《神曲》等。

剑

这柔韧、风快又尖锐的，是什么？
既不能以之刺入土地的腰腹，
也不能用以劈开顽石，削砍树木，
它又可用于何种艺术，攻击什么坏家伙？

工具？断乎不是！因高尚者以它为恶：
人们所乐见的，不是它被汗水濡湿，
却是它的周身被长年经久地锈蚀，
“幽蓝又泛红的铁块，你究竟是何物？”

“我是剑，是炮制尸骨的工具，
国王们抓着我，如凿子拿在匠人手里，
舞动，杀人，完全凭他们的心意。”

“我斩落人群中的花朵，年复如此，
直到神圣的律法，为肉体
穿上比钢铁还硬的甲胄的那一日。”

告新兵书

我的兄弟，只要还在烈日下的平原上进行，
只要还在险恶的征途里推着炮车，
你们的名字，那些国王们就一个也不会记得，
对他们之间诡异的仇恨，你们全不知情。

只要被来自远方的流弹偶然打中，
只要陷身于盲目残酷的肉搏混战，
你们的一生，便将在万事落空的惊惧中了断，
纵令你还渴念着家乡的泉水，不曾忘掉。

啊，农人之子，你爷娘的节俭至此又有何益？
我们这些活着的人，我们也要战斗，
却不再是为了获取那可鄙的享受。

我们将工作，我们内疚而痛苦，
因为已有青年用他们的鲜血作了付出，
或许，我们也会有这样的一些伤亡。

秋之哀歌

秋日田野的犁沟令双目困倦生厌，
炊烟升起的屋顶给它牵强的喜欢，
拱起的天穹完整地呈现于眼底，
以一个空旷的圆环，罩住单调的平原。

往过的岁月既是如此惊人地悠长，
一片原始的丛林本该在这里长起，
嘤嘤悦耳的鸟鸣本该在那里颤抖，
与明亮的树叶一道，在清风中歌唱。

白灼的日光里，心怀哀愁的诗人，
在向创造此荒原的臂膀发起质问，
这日光如星光，点缀绿色丛林的夜晚。

诗人恸哭，徒然地哀叹，全然忘了，
正是阴郁的犁沟里长出的一日三餐，
滋养了他们较别人尤擅美梦的头脑。

深渊之内

深深的洋底令潜水者大开眼界，
那里是神秘的春天，绚烂的伊甸，
花朵不停地绽放，
在蓝色深渊的清风中，婀娜地摇曳。

无数游弋者，如碧空巨大的飞鸟，
在飘摇活跃的植物的怀抱里，
在清濛如黎明将至的天色里，
吐纳着汪洋的气息，挣脱海草的缭绕。

深处的海浪下方，如连起灵魂两界的桥梁，
一根粗重的电缆，正静静地
躺卧在铺满藻类和珍珠细沙的海床上。

昨日之人想要取自天上的雷电，
今时今日，已被沉入深深的洋底，
成了听从人类奇妙语言的信使。

向 前

确乎如此！古老的大地！
讲讲吧！它是如何获得坚实的躯壳，
拨开迷雾，天和地曾怎样撕咬，
割裂海洋，上升的泥土何以变成草地。

生翅的巨蛇，庞然的怪物，
大气与碧空，玫瑰、夏娃与爱情，
这个世界从不回头，不断向前，
大地一一记录下它缓慢而执着的脚步！

告诉我！我想知道这世界它不知疲倦，
它不断向前，从往昔的深渊，
向往着未来，那难以窥测之美的极点。

啊！多问而冷静的学问家，
你已掀开大自然生机勃勃、依然温热的襁褓，
若不可预料，你还需证明它的目标！

栩栩如生的画作

她走了！出于忠贞不渝的爱意，
我要以一幅栩栩如生的肖像，
将她的一切留在这虔诚的画作上：
留下她可爱的缺点，留下她的美丽。

画成了！画家无情的画布上，
梦中的情人正嫣然而笑：
便是这样，与她一般惟妙惟肖，
这美好从来只能见诸她的身上。

但，太阳啊！你这最了解她的好友，
请照耀她的心头，我们共处的时候，
让最其纯美的光芒，在她的眼中点亮。

你的手既不搜寻，也不发颤，
太阳，你这艺术家！请来到我的镜前，
为她镀上，使我爱上她的每一条光线。

裸露的世界

身边摆着曲颈瓶，各样的瓶瓶罐罐，
酒精炉灶，和形形色色的异形试管，
化学家在仔细探索力量的无尽变换，
精巧地为它们安排好有预谋的约会。

他编排它们不为人知的爱情，
琢磨和晃动它们隐秘的诱饵，
将它们撮合，又逼它们分手，
将它们茫然的姻缘巧妙拨弄。

智者，既然你看得见那显露的力量，
就请教教我，如何从你的曲颈瓶里，
透过满目的色彩，看清世界的真相。

拜托啦，带我进入那昏暗的王国里，
我渴望遇见去掉矫饰的本真的自己；
它外表虽美，内心悲伤。

约　会

昏暗的天色里：观星者登上高台，
在阒静的夜空，寻找着金色的岛屿。
他的头脑被茫茫黑夜所淹没，
他不眠地注视着远方，直到东方既白。

颗颗飞逝的星体，如同被扬起的种籽；
积聚成团的星云，明亮得夺人眼目；
他盯着那个狂乱的目标星球，督促叮嘱：
“再见！千年后再见。”

那颗星必将归来。
它瞒不过永恒的科学，连一秒都办不到，
人类等待着它归来，虽然有些人将死掉。

当它归来时，也许人类已烟散云消，
但他们那历经变迁而坚定的目光，
但那真理，仍将在这高台上放哨瞭望。

勇士们

三座美丽的桅杆，撑起九根横桁，
强风注满船帆，将它绷紧拉高，
好一条大船，它出发了！
它要到北极，在那里度过美好的冬天。

它出发了。在远方沐浴着阳光，
拖曳着猎猎的旗帜，如一袭长发。
它正迈动着优雅好看的步伐，
驶向北方那广阔无垠的汪洋。

远远地追随着它雪白的航迹，
我的目光陷入忧虑，它的旅程，
也许会以被巨大的冰山撞沉作为终结！

船长的儿子，站在我的身边，
在这吹向远方迷雾的欢喜的海风里，
冒险的征途正跃跃于他的心底。

欢 愉

为这独一无二被泪水浸润的欢愉，
为这一个小时的欢愉，你可以，
也应当将生命珍爱：幸福没临到过谁？
至少，人人都有这样一个小时。

一个小时的太阳，祝福了整个白天；
若你的双手在白昼忙个不停；
一个小时的黑夜也会让逝者们艳羡，
他们甚至无法得到一个相爱的夜晚。

不要抱怨！你还活着，就不算不幸！
尘世之人，拨刺着你脆弱的心灵，
你要以全副生命，为自己换来些许欢愉；

为了一尝这永世难忘的欢愉，
高山宁可挨受永不止息的严寒，
海洋宁可不眠，沙漠宁可忧郁。

致愿望

你还安在，神圣的愿望，
你扇动翅膀，
翱翔于万物之上，
一旦停落下来，就成了欢喜。

好奇的漫游者，你竟怠于言语，
懒得再让玫瑰开放？
自今而往，在事业的故乡，
难道你再也没事可干？

青春之子哟，
快以你的唇吻上美的脸面，
将你的热情注入真的心田！

还有思想、爱情与友谊，
愿你的焦渴得以平息，
愿它重新生发，永远永远。

致奥古斯都·布拉歇[①]

伙计，对动词及其词法，
我们拥有共同的热情。
你以博学、严苛的耳朵，聆听
斟辨古学究与心灵的声音。

声音在哪条小径上奔跑停驻，
词语在什么法则下变幻无穷，
你最清楚，我却一点研究都没有，
只是乐享其成，用指头将它查数。

我不意地察验着你所揭示的法则，
臆测着每个词汇，它们神奇的组合，
存在的精妙，与选择它们的技巧。

让这夜晚更有趣，不如我们交换工作：
你来告诉我一只蜜蜂的规矩和习惯，
让我变成它，为你采来愉快的蜜饯。

---

①奥古斯都·布拉歇（1844–1898），法国语言学家和词典学家，著作有《法语历史语法》等。

孤 独

最初的孤独

总有几位小伙计，
校园里面哭啼啼，
别人翻滚做游戏，
他们躲在角落里。

鞋子擦得锃锃亮，
外套总是平平烫，
裤子从来直挺挺；
真叫一副乖模样。

壮者叫他们母鸡，
黠者呼他们笨坯，
交出玩具想讨好，
长大不会做生意。

怯者也将他们耍，
贪嘴馋鬼都爱他，
同学都道他富有，

小钱不在他话下。

老师面前战兢兢，
如此孩童真不幸，
他们本不该出世，
童年真是苦日子。

随堂作业完不成，
古怪功课听不懂，
为这为那被惩罚，
饱受羞辱又挨骂。

一切令他心头慌，
白日怕听钟声响，
待到老师离去时，
夜里小床冰冰凉。

屋里幽光暗乎乎，
照见床上被和褥，
睡者打起大呼噜，
活像寒风吹坟墓。

别人纷纷已入梦，
梦见被抓去坐牢，
他们在想星期天，
整整一夜不成眠。

他又想起小时候，
摇篮里头睡个够，
舒舒服服真叫美，
醒来妈妈抱他走。

妈妈，妈妈，你在哪，
离他而去九泉下，
抛弃这些小孩童，
孤苦伶仃无人挂。

纵有好人送衣衫，
被和褥子与床单，
这些衣服和行李，
不如母爱有温暖。

虽然妈妈离他去，
他将妈妈心头记，
脑袋埋在枕头底，
整个夜晚哭啼啼。

十四行诗

二十岁的男子，正是最挑剔的年纪：
起初遇见的女孩，他从不青眼看待，
却怀着痴迷与狂喜，爱上最美的女子，
将昨日才生的期待，当作一生的挚爱。

在那之后，他就大吃苦头，
后者那风情的双眼，魅力正点滴消减，
那起初的姑娘哟，她曾被忽视的内秀，
如隐藏的珍宝一般，向他无遗地显现。

人只想改变不幸，却从不知如何避免：
在认为自己只会爱上一位姑娘的年龄，
他已经学会了为她受难。

在发现别的姑娘也很可爱的时候，
他却觉得，再觅新欢已为时太晚，
他无力张开的心，早已疲倦不堪。

爱的衰亡

秋日将死的哀叹，
拂过湖岸枯败的灯芯草，
飘送来喁喁声响，
那是含愁的湖水与柳树在交谈。

柳树说，“瞧，我真难过！
我的叶子，落满你冰凉清澈的脸庞，
往日的爱侣呀，今时今日，
竟要你为我收殓这青春的骸骨。”

柳叶飘落，湖水变成金色。
他回答，“我苍白的情人，
莫要让你的叶子，一片一片，
落得如此迟缓；

“这样的吻令我心碎，
它如沉重的船桨，击打我的身体，

令我一再战栗，
像一个创口被不断撕开。

“起初，只是一个点，
它因颤抖而扩大，如今成了一个洞；
就连岸上的花儿，
都能感觉到它伏在脚边哭泣。

“莫再让这战栗将我煎熬！
为什么要一点点地，将你的情人遗忘？
不如将你所有的临别之吻，
狠狠心，一次摇落在我的身上！”

钟乳石

我喜欢这个岩穴，
火把将它映得暗红，
点滴声响都被反射回来，
穿堂入室，如嗡嗡叹息。

穹顶垂挂的钟乳石，
噙着串串凝结的眼泪，
那冰凉湿润的水滴，
点点落于我的足背。

于此，我感觉有种痛苦的安宁，
密藏在这永夜之中，
与那永无止尽、哀伤而漫长的
泪水，静静地相对。

我想起，某处，那受难的灵魂，
从前的爱情已然睡去，

一切的眼泪都已凝住，
却总有什么，在那里嘤嘤哭泣。

没来由的欢乐

痛苦的道理，人们非常明白，
欢乐的来由，却还有待寻找；
内心平静的时候，我觉得，
自己像从难言而奇妙的喜悦中醒来。

玫瑰般的天色，染上我和小屋，
那刻，我爱极了整个宇宙，
我浑身发光，不知是什么来由，
近一小时后，黑暗才又重新包围我。

这短暂的欢乐之光，它们来自何方？
是隐约出现、恩门大开的天堂？
还是长夜中一群无名的星辰，
在飞去后，留下了更昏暗的心房？

是古老的四月，将傍晚重新照亮？
还是春天从岁月的灰烬中睡醒了，
像一块炭火投下它的余光？

再或者，是爱情将至的吉兆吗？

都不是。这倏忽而去的神迹，
既无从追索，也没有征兆；
也许，它只是迷路的幸福，
弄错了要去的地方，照耀了我们瞬息。

大 路

这一条大路，两边种着椴树。
树那么高，路那么宽，天那么暗，
孩子们白天走过，都要心惊胆战。
那里的盛夏，冷得像是冬天；
不知是什么长眠，加重了它的空气，
是什么哀怨，使它这般森然。

椴树如此古老，椴叶这般低矮，
向内搭起穹廊，向外筑起高台，
这大路的阴森模样，始终一成不改。
黑黢黢的树皮，从树干上剥离裂开：
那古怪的姿态，好像一座
手臂乱伸着的高大的灯台。

在它上方，片片叶子织成夜幕：
任是天气晴朗，路面的硬沙砾中，
也没有一块石头能被照亮；在雨天，
几乎听不到绿色的廊顶在沙沙作响，

只见断断续续的雨水，孤孤单单，
一滴一滴跌落在地上。

绿廊深处，有座带院子的庙堂，
栅栏的木头早已被苔藓烂光，
又复被神圣的葡萄架和常青藤掩上，
恼人的爱神，仍是微笑模样，
用断掌，指出远处从前那颗颗心脏，
它们都已被石矢所贯伤。

人们都认为，那儿有夜的神秘，
在冰冷的神像周围，似乎
总有爱情的磷火，在双双低飞。
记忆的精魅，在那儿默然流泪，
虽然时光蹉跎、人鬼两隔，灵魂
仍然在那儿亲密地约会。

那是所有在此相爱至深，以及
由四月里不老的爱神，在玫瑰花下
所唤起之人的灵魂；
这些可怜的死人，纷纷向他走来，

再没有从前的热唇，他们只为，
从永恒的嘴上索得一吻。

华尔兹

纱绸簇拥的波浪，
脸色苍白的舞伴，
相对无言的旋转，
地板变弯，灯光闪闪，
缭乱他们半闭的双眼。

我想起，在英伦的海岸上，
我曾见过的古老的礁岩，海水
在那儿激荡、盘旋、冲撞，
不舍昼夜，伴着同样的声浪。

缓缓的华尔兹，藏着
忧郁的爱情的告白，心灵
轻轻振翅，在那儿滑翔：
如一幕幕的离开，
如一场场的归来。

我想起，在英伦的海岸上，

我曾见过的古老的礁岩，海水
在那儿激荡、盘旋、冲撞，
不舍昼夜，伴着同样的声浪。

年轻的男子春情盎然，
纯洁的少女心意难安，
他们的双唇，不停地，
以一个永续不再的亲吻，
交换着甜美短暂的诺言。

我想起，在英伦的海岸上，
我曾见过的古老的礁岩，海水
在那儿激荡、盘旋、冲撞，
不舍昼夜，伴着同样的声浪。

乐声渐止，华尔兹停息，
灯光由苍白转为黯淡，
苦恼的镜子掩面而泣，
一切的舞伴都已离去，
只剩下黑暗，更加浓密。

我想起，在英伦的海岸上，
我曾见过的古老的礁岩，海水
在那儿激荡、盘旋、冲撞，
不舍昼夜，伴着同样的声浪。

天　鹅

湖水深邃又静谧，光滑如明镜，
天鹅以其宽大的掌蹼拨水游弋，
悄无声息。它腹部的羽绒，
有如春日的阳光下初融的白雪，
而一双巨翅于微风里轻轻抖动，
有如白色的航船，坚定又从容。
它那美丽的脖颈，低视着苇丛，
时而抻得长长探入水中，
时而蜷曲，优雅如花儿的柔茎，
将墨色的吻喙收于前胸。
有时，它沿着松林幽静的倒影，
拨动湖水，荡开碧油油的青荇，
如绿色的发束拖于身后，
这般悠闲又安宁地，逶迤前行。
那令诗人听见其内心的岩穴，
那为岁月不再而饮泣的清泉，
让它喜欢；它于此间徜徉流连，
一片柳叶悄然滑落于它的肩前。

有时，为了向钟爱的洁白致意，
它选择远离那幽暗的林荫，
自湛蓝的湖岸启程，游向
那令人神往的水天一色的湖心。
此后，当湖与岸俱是一片迷蒙，
当一切都变成绰绰约约的幽灵，
当蔺草和香蒲都已经纹风不动，
当整个晴空响彻着静静的蛙鸣，
当一道漫长的夕照将天际染红，
当月色下飞起熠熠闪亮的流萤，
这高贵的游禽，将头埋入羽翼，
在映着乳色和紫罗兰色天光的
黯淡水域，如银瓶睡在钻石间，
在两重天空之间，安歇了下来。

银 河

一天夜里，我对星星说：
“你们似乎并不快活；
浩瀚的黑暗中，
你们的柔光，多么凄楚。

“我想，我看到，
一队使女，身穿白麻衣，
举着无尽的烛火，
从夜穹中悲伤地走过。

“你们可曾久久地祷告？
你们可曾受伤？
你们洒下的，并非光，
是光的泪滴。

“一切众星呀，
受造者和诸神的祖先，
你们泪眼婆娑……”

星星说：“孤独啊……

“我们看似彼此挨近，
其实相去遥远；
众姊妹，她们柔美的光彩，
只合孤赏，无人看见。

“熄灭了，她们如火的衷情，
在冷漠的夜空。”
我对她们说：“我知道，
这与心灵何其相同！”

“那闪亮的心灵的姊妹，
也是这般似近实远，
她们永远孤单，
在黑夜里，岑寂地燃烧。”

暖房里的树

静静悄悄的暖房一间，
终日如夜晚一般昏暗，
正好用来打发过冬天，
娇贵的树木热得流汗。

一棵有着笔挺的枝干，
几乎就要戳破了房檐，
上下生满瘦长的叶片，
发出的花萼又细又尖。

另外的一棵又高又大，
浑身的尖刺总把人扎，
每隔五年才开一次花，
却只开在寒冷的冬腊。

还有一棵总是蔫巴巴，
拼命攀缘在玻璃窗下，
它望着外面着实可怜，

那长在风里的草和花。

这纹风不动的暖房里，
什么时候都红花济济，
它们慢慢吞吞地吐息，
弥散无聊乏味的空气。

起初有人对它们痴迷，
他很快被这空气窒息，
强大的病毒发起攻击，
他要死了却沾沾自喜。

啊，花中紫罗兰，
林下之冠冕，
愿它得千百人的眷恋！
愿经它熏香的卧房洁净千般！

它的芳香不浓郁熏人，
它娱人灵魂使之轻省；
若要一嗅微妙的香气，
就该将它贴上你嘴唇。

不要抱怨

啊，不要抱怨这时日忧伤，
爱情得之容易反令人沮丧；
一如人们挽枝嗅香
伤了花儿，幸福亦是如此。

如彼邻人，方才还在悲泣
眼下便互诉起衷肠，
可那爱情的永恒的秘密，
已被他们永远遗弃。

他们自恃幸福，眼神却空空，
夜晚已将其热情湮灭；
指尖的碰触，皆令我们心动，
他们亲吻彼此却无动于衷。

他们自恃幸福，却无从体会，
那如烫伤，如重负的
爱人两两相望时的衷肠。

在我们，这感觉始终有之。

他们自恃幸福，有
同住的房间，共有的财产，
却再无美丽的秘密可言：
他们自恃幸福，却被人一眼看穿！

大地和孩童

灵魂纯洁如其双眸的孩童，
于大地上学会走路，
长大后，他们整日奔波其上，
却难得对它再看一眼。

有时，过多的思虑令我疲倦，
我觉得自己已将这大地遗忘，
我懊悔着，又成为
身量远不及我的孩童中的一员。

他们脱去乳臭，
以犹疑的脚步去探索大地，
用他们的一双小手，
触碰着人间的所有。

面对凶恶的犬类，
他们表现得无所畏惧；
他们瞧着每一样活物，

看它们跑进草丛。

他们听见青草窸窣生长，
那只有他们才能嗅到的芳香；
他们凝视着斑斑青苔，
窥察每一粒细小的黄沙。

花朵亲吻他们的嘴唇，
那嘴唇与它们同高，
大人为他们擦去的眼泪，
其实常常是晨间的露水。

几时，我也曾见过这样的大地，
向我伸出手臂，吻上我的嘴唇!
可是，自打我想一探它的奥秘，
它便就此向我隐藏。

它对我再无秘密可言，
一切只剩下新鲜；
我愈是察见这大地之美，
心便因此而愈发孤单。

当我放弃了矜持，
屈身扮作任性的孩童，
纠缠着这位奶娘，
然而，它已经不再爱我。

可怜的情感

何其荒唐，我竟爱上人家的孩子；
他装作乖巧模样，想讨我喜欢，
这娇小的叛徒！我知道他的心思；
我登门，他的母亲猜测我的用意，
将他呼来陪我，以为我是为他而去，
她并不因此而对我有所怨恨。

这孩子以他尖细稚嫩的声音
（他的声音大可以分为两种），假以表情，
为我讲述着他自己都不懂的寓言；
让我为他在沙土里排起士兵的队列，
他纠缠着我，这可爱的纠缠，
令我有种说不出来的愉快。

在那里，我每次都会中了他的圈套：
我希望，以我的悉心可以做他的父亲，
他很爱我，他不是这样说过吗?
可糟糕的是，当他真正的父亲来到，

这孩子便跑过去，拍着手，对他又搂又抱，
将我这可怜的叔叔，扔在了一边。

插　枝

满眼的绿色铺满乡间，
天空将道路染得苍黄，
漂亮的鲜花遍地开放，
吸引人们的嘴唇和指尖。

五月里，年轻的男子，
将一盆玫瑰放在窗前，
不察看，也不将它浇灌，
由它在那里独自开花，

几位年轻的姑娘路过，
见到这株美丽的玫瑰，
她们彼此嬉闹讪笑着，
将花朵摘下，别在襟前。

她们的手如秋日到来，
受难的玫瑰奄奄一息，
它全部的花朵已然失去，

那窗口也失去了欢快。

为此，某日，那男子，
敲着每家的房门，叫喊：
“你们中，是谁笑着
把花摘去，请还给我！”

那大门久久地紧闭着。
终于，有人前来应门，
那位少女手指着玫瑰，
笑着说：“是你！请进吧，

“我无意拿它装扮自己，
却是为了救活这枝桠，
你看！我将它做了扦插，
以便在更美的时候还你。”

迟 疑

我该对她说一些什么，
但每每犹疑不前；
语言将泄露我的心事，
即便我将它说得轻淡。

这异于往日的羞怯，
到底是因为什么？
或者，我已决定要说……
却仍陷于沉默。

十八岁时，我从未觉得
表白会有如此之难；
长久以来，我的唇舌
已不再那么勇敢。

我觉得我爱她，
却担心，这不是真的；
就连我眼里的泪水，

也可能是对自己说谎。

因我常无故地痛哭，
那在我内心里，
由衷悲泣着的，
也许只是从前的爱情。

春 祷

正是你，让一切的花朵绽放，
树林里，你让苍老的树木
焕发勃勃的生机，
你让每个唇角挂上微笑，
让心灵拥有生命。

是你令泥淖变为草场，
是你将一切破衣烂衫
都缀上金银和珠宝，
温和的日光也由你抛洒，
直到那屠户的庭院！

春天呀，万物因你相爱，
连坟墓都讨人喜欢，
生出如茵的芳草，
让崭新而可喜的生命，
重回亡者的心中！

司掌着爱情的季节啊，
愿这些可怜的亡灵，不会成为
唯一不得你眷顾的一群！
愿那神圣的指望，
愿那光明与复活，
在他们的骨殖间发芽又生长！

流　亡

流落异乡的受难者令我同情，
情人的可爱与美好都被他们抛下；
流亡旷野有其侣伴的人，是何等有福：
妻子与家园都带在他们身旁。

依然会有明亮的双眼向他们嬉笑，
他们于其中得以再见故土的阳光；
于纯洁的额头，他们重拾祖田，
被弃的百合再度开出鲜花。

挥别的天空也跟着他们来到异乡，
情人在心上和唇间，为他们留下
远方故土的太阳那忠贞的反光，
将从前的黑夜当作了如今的床褥。

我毫不同情这些一无所失、回忆过去
却满眼欢喜、手指散发着香气的家伙！
在爱人胸前他们获得了一切补偿：

那告别的季节、田产和家庭。

我所同情的，是那些真正的流亡者，
他们被迫从美丽的土地与一切告别！
可是，我更同情的是，
那些身在故土却无人为他哭泣的人。

啊，他们居于家中，昼夜寻觅
那他们深感需要的人，亲爱的人！
他们离家越近便越是孤单，
这委实是最坏的流亡，流亡于故土。

纵有蓝天与空气，洁白的百合，
和祖传的田产，都医不好他的伤口，
故土家园里温柔的爱情，
只能令他的心离爱人更其遥远。

舞会女王

我知道，这里她最漂亮，
不错，她是舞会的女王；
但我绝不向她服软、讨好，
要知道，我也很倔强。

希望我可以安然守望，
将她细心地打量，
希望她宫殿的行列中，
有我可躬身侍立的地方。

继众人后，希望我可以
柔声倾吐对她权柄的仰慕，
言语无聊，笨拙地诟詈
自己对美的欲望不够有力！

希望我可以快步上前，
拾起，那自她的秀发间
跌落于地上的玫瑰，

但也不要抢在最前面。

希望在她笑靥中，我可以
等待，获得我那一份，
希望我可以将自己的身体，
摆在她能看见的轨迹里。

自她的金发里，希望
我可以嗅到凡人的芳香，
它虽为众人散发，
却不是人人皆可一尝！

跳舞时，我觉得两臂轻松，
有种不实的甜蜜之感，
那是由舞曲而生的心动，
次之是舞伴那脉脉的柔情。

如此是为了，让这起初的梦，
（它已浮现于我心中，
虽然还只是莫名的悸动）
有朝一日，按更强者的意愿告终！

断不会如此！不会这样，
众目下，灯影里，高傲的心肠，
那女王，绝不会向你告白，
虽然，我的灵魂很狂放……

我爱你，对你鲁莽冲撞
却又不断向你投降，
若你想知道，舞会结束的晚上，
在你王位遭到罢黜的晚上。

当你阖上了双眼，
任自己倒在卧榻之上，
心里做着祈祷的打算，
抱着双肩，梦醒参半。

当你对这殊荣感到满意，
却困倦得没有力气，
你只好让这愉快的情绪，
消没于遥远的记忆。

而这样阴郁忧伤的天气里，
你房间的窗玻璃上，
将流淌过十二月的泪滴，
就像那位不幸之人的涕泣。

快做一个这样的梦吧：
我驻足，迎风立在雨中，
想从那雪白的窗帘上，
看到你美丽的头颅的影像。

丑姑娘

女人们啊，尽管你们会亵渎爱情，
但只要有个反抗者敢藐视你们的权威。
啊，这就是莫大的羞凌，
但也有一位年轻女子没有这样的权柄，
因为自然母亲夺去她的荣耀，夺去了美！

爱情断然不会在她眼中浮现，
她大可以不必担心被人侵犯。
丑姑娘！人们看她的眼神如此轻贱；
她的丑令她放弃了任何奢想，
年轻的男子谁愿做她的侣伴？

他们自矜自恃，粗鲁而狂妄，
又怎么会看上这丑面的姑娘？
他们以恶语相向，将她中伤，
在婚礼舞会上，他们让一个中学生
邀她跳舞，当众捉弄这姑娘。

哦，可怜的姑娘！她还年轻，
丑是美的姊妹，她对幸福也充满憧憬，
她虽失之相貌，却得之心灵，
但好心的老者说她的头发漂亮，
这也已经是最大的恭敬。

自从美丽的脸蛋令我一再受伤，
丑姑娘，我便想留在你身旁，
你像个孩子，了解爱，没有过情郎，
你是一个天使，有一颗友好的灵魂，
我还年轻，为何不将你爱上？

怨 春

春天啊，你这最令人神往
却又至为短暂的一季，
请常驻于我的身旁！
你有我心仪的女郎，
我在将她盼望！

你的碧空只予我以惨淡，
我在冬天将她遇到；
那柔情奄忽而逝，
只现于期年中的一朝，
我至今不能忘掉。

那幸福如一粒火花，
闪过舞会上短短的一霎，
冬天一过，我便失去了她；
众人欢迎的节日，你因此，
反令我情绪不佳。

离开她，我开始害怕你。
我担心一朵橙色的雏菊，
会落在她的心底，
请求她将这朵小花看个仔细；
这是多危险的事！

那颗心尚天真无瑕，
经你甜软的暖意所孵化，
它猜想着将至的黎明，
你主宰着一切盛放的鲜花，
它慢慢向你吐露芳华。

你的气息令她惊奇，
她听从它媚惑的建议；
这五月的空气最令我害怕，
我担心，等不到冬日，
我就要将她失去。

她们中的一个

她的套间，寒冬暖似春天。
天花板飘逸如云幔，
其上雕饰着爱情的画卷。
松软的毛纺地毯，
和厚大的丝质窗帘，
消去了一切杂音，寂静安然。

窗外的雪雹，徒然地狂作，
室内几乎听不到，
厚玻璃抗拒它而发出的哀号；
大幅的绸缎窗帘，带着暖色调，
遮住了外面冰雪的撒泼，
也遮住了天国。

另一边，古画里面，
法兰西的太阳下闪耀着
从威尼斯的蓝天中借来的光线，
高大的壁炉上面，

花瓶掳掠自希腊的祭坛，
百合开了又开，终年都是春天。

她惬人的卧房漆得湛蓝；
怡人的石竹花香徐徐地弥漫，
那只是它的香气，花儿却看不见；
她跪下祈祷，膝下是一片绸垫，
手捧的象牙十字架传自她的祖先，
是翡冷翠某位大师杰作中的一件。

临了，如果厌腻了奢侈的沙龙，
客厅暖和的阳光，也足令她受用，
那儿藏着曲折的秘密一宗；
她抬眼看着，瓦多[①]的油画中，
情人们正登上小艇，
快活地向着西黛岛启程。

经冬复暑，她便迁往消夏的别墅，
寻找那儿的穹苍和山谷，
以及迷人的群山与平陆；

①瓦多（1684—1721），法国画家，代表作《进发西黛岛》。

从栽种着大丽花的房前，
到远处麦浪滚滚的天边，
这一切都属于她的田产。

接着，她可以在湖面上划船，
悠闲地乘着马车来到林间，
衣裙雪白地在青草间奔跑撒欢，
倦倦地在荫凉的绷床上小睡半天，
或是将紫花插在发间，策马挥鞭，
驰骋在拂动的枝叶下面。

炎热的午间，她在清泉里嬉水，
两口清凉的泉水溢在池塘周围，
她任意转动头颈，如天鹅般优美，
周身轻松，心爽意惬，看着
自己的纤纤玉体摇映于水底，
她美梦联翩，几欲入睡。

她的日子就这样过去，看似幸福，
却背着一个秘密的沉重的包袱，
如此的时光，真不值得羡慕。

从她时或热情、时或木然的双目，
她鲜有的微笑，或迟滞的举手投足，
教人看出她对生活的厌恶。

啊，有谁听到她凄凉的灵魂的喊叫？
有哪位英俊挺拔的骑士，前来将她打救？
有谁会跃马来到，将她揽入怀抱，
带她奔向通往安静祥和的远道，
将她带入茅舍，环绕着丁香和青草，
从此与这可悲的华屋隔得迢遥？

没人可以。这希望是可憎的罪过，
她饱受本分的折磨，爱上了忧伤。
她死了，穿着崭新的衣裳，
她得不到爱情，权财也帮不上忙，
她因富有而过得凄凉，
无儿无女，比寡妇还要孤苦难当。

三色堇

某天夜里，思维不停窜动，
累得我没有一点力气，
我昏然睡去，在梦里，
一枝花蕾浮现于我的眼底。

那一朵叫作三色堇的花儿，
含苞待放，令我觉得
自己就要因此而死亡：
我整个生命，移到了花上。

这性命的互换，不可闻见，
它的花瓣一片一片，
消弭着起初的昏暗，
我的力量也因此点点消减。

漆黑而朦胧，花儿的大眼，
睁开得如此迟缓，
令我觉得，我痛苦的受难，

像持续了无数世纪的时间。

“花儿呀，你何不快些开放，
盼你盛开已将我的力气用光；
愿那静默深邃的神采，
在你的美目中，完满地点亮！”

然而，当它的眼睑
将最后一条皱纹舒展，
我已经坠入昏然，
沉睡在了黑漆漆的夜晚。

竖琴和手指

缪斯女神浑身僵直，垂头丧气，
全无歌唱的意思；竖琴也在叹息，
抱怨着不肯将它拨弄的手指，
它说："今日为何这般没有兴致？"

"玫瑰色的手指啊，我没你不行，
快快醒来吧；气氛如此尴尬，
我难以与你低声说话，没有你，
琴弦如紧闭的嘴巴，我将一言不发。

"向我扑过来吧，就像
微风吹拂着阳光里的花儿那样，
扯开我的叫喊如撕裂麻衣般哀伤，
再或像眼泪一样，慢慢向我流淌。

"不然，若你对我不屑，无所使唤，
就不如将我挂在牛头上面；
除了你，我还能靠着谁的亲吻存活？

因为你们的手指才造就了我。”

“竖琴啊，我们有什么办法？
我们谐和，狂喜，或兴致不佳？
难道没觉察，都只是天才的奴隶，
一切战栗，都在于沉睡之心的控制。

“他是上帝，将无常的情感加在手上，
时而在疲劳到来之前将我们丢弃一旁，
时而近于癫狂，久久地撩拨琴弦，
拨到你琴弦崩断，拨到我流血受伤！

“向他乞求吧，无论哪一曲，
唯有他才能定夺曲子的命运：
若无夏日的和风，何来树叶的絮语，
若无心灵的吐息，何来手指的技艺！”

三　月

冬去春来的三月里，
村落已然甦醒，
如痊愈的病体，
那最初的微笑，实在可喜。

天空里尚带着寒气，
飘零着雪雨，
料峭的正午阴云翳翳，
披着拂晓时的白衣。

暖和的天气，
消融大理石般冰封的池水，
生于树梢的新叶子，
挂着淡蓝色的水汽。

那纯洁的日光，
那苏醒的爱情，
令女子们更加漂亮，

（她们因此恢复娇羞模样。）

如此时节啊，我难道不该
抓住这匆匆的大好春光？
它是岁月的早上，
是青春，令人满怀渴望。

然而，我却心头凄凉，
如鸮鸟看到天色转亮，
转动充满黑夜的双眼，
担心它们为阳光所伤。

就这样，告别冬的愁怀，
我双眼睁开，却仍沉浸在
昏暗而无益的书卷之梦里，
大自然为我带来了这悲哀。

打入地狱

无可理喻的市井小民，熙熙攘攘，
在礼拜日，吵闹着涌向画廊，
他们全无见解，却年年来此闲逛，
只为了无聊地取悦他们盲目的双眼。
这帮人俗称老百姓，一向做作不堪，
他们立于美的前面，却从没有什么感念，
只会徒然睁大双眼，张大嘴巴，
像羊群对着太阳那样咩咩地叫喊。

另一边厢，有一个人在冥想，
他看起来消瘦而睿智，穿着旧衣裳，
独自一人，在公园的角落里彷徨。
他正抱着肩膀，以难过的眼光，
将花坛四周的雕像一一打量。
他感到，有伤口在身上慢慢地扩大，
与痛苦俱来的阴影，在渐次增加，
这可怜的家伙！他也曾抓过刻刀，
也曾拥有雕塑家那蓝白色的梦想。

他有过火热的期望，远大的理想，
但这些，转眼被穷苦以冰凉的尸布盖上；
然而他的敌人，却活得舒适欢畅。

他能胜过他们？或许吧。但这了无意义！
啊，饱受荣誉激励的匠师，
你有渊博的头脑，和灵巧的手指，
对于那些称扬你的人，请略施怜恤吧！
唶！他们是如此爱戴你，
若不能拼命追随你，就要活不下去！
匠师啊，小民们历数他们的伤亡，
才明白你是多么富有力量。
虽然，在那片光明恬淡的蓝天上，
你驾起了天才的风暴，高远地翱翔，
但他们却瞩目着你飞过的碧空，跌倒在
被打入地狱的艺术家的坎坷命途中。

与你一样，这个人也有过创作的快感，
几经他敬虔之手的慢慢试探，
光洁完美的胸脯跃然纸间，
他怀着诚恳，去复刻他在图稿里面

所提前感知到的人类形体之美；
当他刻到左胸膛，感受到其中的那颗心脏，
他高兴得发抖，自豪得无以名状。
但他无法继续这比肩诸神的工作；
他囊中空空：贫穷，是艺术家的丧钟。
如醉的欢乐，继以悲惨的时刻，
工作间的角落，他那年轻的太太，
在为被艺术所忽视掉的面包而操劳，
她忙于照料着一个个脸色苍白的孩子，
以及被他们的父亲变得妙不可言的泥巴，
她对这没有产出的黏土诅咒，
怀念她曾经告别的土壤肥沃的田畴。

啊！劳而不获的悲痛，
评论家玩弄笔墨的无知嘲讽，
同行者的污蔑与嫉妒的竞争，
令他的一整颗心都沉浸在这些苦水中。
心爱的妻子以眼神发出默然的责备，
令人如亵渎了神明般深感负罪，
或许人们都该成为违心的疯子，
为了爬上去，不惜将责任置于脚下踩碎！

这勇敢而悲惨的人，他逃出了工作间，
在一家铺子的暗处数着别人的钱。
他那为高傲的大理石而生的创作的手掌，
眼下却要为灰暗的纸上那肮脏的数字画押。
啊，愿他的堕落令他莫再醒来，
愿他的雄心被烧成了死绝的灰烬才好，
如此，它就能躺在墓穴中，被人忘怀。

但他心的余烬并未被彻底地殓埋，
仍有一块想成为雕像的顽石在纠缠着他：
若他不将它养活，它就要将他杀死。
它远远地呼喊，鼓动他的手指，
残忍的梦里，这块石头拥有了形体；
看上去无所缺憾且跃动不息，
它低语："你见到我，我却非你所塑造！"
如命运之神的致歉，它恰时来到，
连同柜台在内的一切都是它的毛坯。
那是她，他于愁苦中梦见的维纳斯，
她优雅，高贵，完美，年年出现在这里，
她挽拉着他，加入众姐妹的行列，

她最终折服了同行那嫉妒冷漠的眼光！
她得胜了！世人也将他重新欣赏，
他被高举，觉得自己不再是人，却是神，
那荣耀的桂冠冕颤颤地戴在他头上！

这短暂的欢喜如奄忽的美梦，
随之而来，是那可怖的渊井！
看哪，他的目光是如此坚定与无情！
他数算着从荣耀到死亡的无尽阶梯，
因一度高大而发现自己的卑惘，痛哭失声！
他细心的太太在他晕倒后，
像母亲那样，照例过去拉着他的手，
责备道："我已经说过了，这一个月来，
你总是如此疲劳，苍白又忧愁！"
她以若干朴素又不容置辩的道理，
历数令他心头剧痛的毛病，劝他放弃理想，
就像劝酣饮之人扔掉他的酒瓶。

查尔特勒修道院[①]

我看到，如死者被丧钟唤起，
僧侣们提着灯笼，默默排起队列，
如一群乌鸦猛然间冲落，
他们唱起阴沉悲伤的安魂之曲。

我已与这院落的虚无结伴，
我熟悉僧侣们宁静的庐舍，
在那里，世界如一场巨大的灾祸，
它的结局于我们徒然无干。

高大的白墙如梦中魂魅般跟着我，
我觉得生命已经莫名其妙地休止，
生而知死，我的骨殖感到欢喜。

可是永别了！冲锋沙场，巨炮轰响：
我回到了那可以听到战事的地方，
它对我那向往安宁的心全不顾惜。

①建于1084年，位于查尔特勒高原中部，17～18世纪曾做过修复。

海

海发出巨大的咆哮，
弓起身子又喊又叫，
如一个难产的巨人，
为一个不愿出世的孩子，
疼得在大地上打滚。

它站起浑圆的身体，
又带着失落跌下去，
有时，它也需要休息，
便在碧空下做起美梦，
如光滑祥和的明镜。

它以脚触摸着列国，
以双手托起了船舶，
一丝轻风足以令她微笑，
那锚线是它的琴弦，
那桅楼是它的摇篮。

它对水手说：“抱歉，
若我的痛苦令你不安；
唉！我真的毫无恶意，”
我受尽折磨，却找不着
足够强壮的人来帮帮我！

继之，它复又起起落落，
在深深的洋底抱怨诉说；
如这大海，另一个不幸而强大的
灵魂也有这种痛苦的力量，
它的雄壮，也使它孤单又寂寞。

夜晚

这一个人的旅行还真是凄惨，
我在一家古怪的旅店住了一晚，
一个孩子带我穿过条条过道，
把我带进一个无法更破的房间，

我躺在一张大床上，
它四四方方，床头还雕着狮子；
四边垂下白色的幔帐，
长褶子间映现出破旧的玻璃窗。

我躺着，不动也不作声，
默默地享受着月光送来的媚药，
忽然听到一阵轻微的沙沙响动，
像是指甲在绸缎上剐蹭。

也或者，像在异常遥远的谷仓，
有人迅速而沉闷地拉动门闩，
又像是在数步外的地点，

伐木者“咔咔”地砍斫着树干。

继之，是经久的车轮与巨大的骚乱，
像铁皮龙车滚滚地驶远，
负轭的龙垂头丧气，连连打着喷嚏，
稍一耸肩，疼痛就在身上蔓延。

蓦然间，一声凄厉无比的尖叫，
在漫长的黑夜里蜿蜒，
好像那在广漠的空旷里遁逃，
失落的灵魂在尖厉凄楚地呼号。

然后，我听到了不绝的车队
在平坦的原野上驱驰。
殷红的尘埃，绵绵的轰响，
随着它们在远方消失。

这庞然大物的经过，
震得狭细的窗棂嗡嗡作响，
令窗前蒙尘的琴键发出吟哦，
将诸神的画像吓得直哆嗦。

挂毯上的阿克特翁[1]惊得打战，
狄安娜不发一言，
屋顶掉落的一块泥巴，
差点将破时钟砸个稀烂。

声响停止。寂静在圆形的房顶
缓缓地将羽翼收起，
夜晚从昏然的睡梦中清醒，
装模作样，更显得肃穆又安宁。

但我激荡的心却再也不能安睡：
我久久谛听着这世界
刺耳的太息与不休的奔走，
那正是旧世纪的浮世绘。

①希腊神话中的猎人，由于偷窥狩猎女神狄安娜沐浴而受到惩罚，变成了一头鹿，被自己的猎狗撕碎。

林间的夜与静

不是夜晚，也非寂然，
这里的种种孤独都各有意义：
在被带往梦境的眼里，
林间有其自身的安静和黑暗。

声音的精魅于寂静中浮游，
光明的丝线在暗夜里渗析。
它们如此富有深意，
人人尽可自行揣测与感受。

林间的夜晚孕育了思想的曙光，
其寂静如沉睡的鸟儿振翅翱翔，
这着实于写诗有莫大的裨益。

在林间，心灵极易被呈献：
那夜晚使凝视它的目光深远，
那寂静交响成为爱情的咏叹。

鸽子与百合

啊，女人，你以微启的嘴唇，
将这只转动着粉红脖颈的鸽子亲吻，
它从未感受过，你的双唇
频频将它颤抖的尖喙濡得湿润，

它从未听到过，你细柔的声气
将那些激动的名字向它倾吐；
它从未看见过，如此精致的米粒
在进餐的时刻从你指间落地。

它从未感知过，你颤抖的心房，
当你含情地抚弄着它的翅膀；
它从未体验过，你的叹息拂动
它的羽毛，其上有你的眼泪在流淌。

你曾让它在柳树上苦苦等候，
像一个囚犯；它曾鼓起嗉喉，
以温柔的啜泣徒然地向你哀告：

你却从不听它的乞求。

春天的花瓶里如在做梦的花朵，
从未得到如此殷勤的浇灌，
你的双唇从未如此久久地
亲吻过这样一朵洁白典雅的百合。

啊，女人，是什么样的新情或旧爱，
什么样的摇篮或坟墓，
让你对你的鸽子，你的百合，
又生发出了如此可贵的情怀？

寻欢作乐的人们

单纯的诗人，进入创作前的构思，
他正在玩味一些令人发笑的东西。
有时，他见到那些懒惰的看客
为一个拙劣的文字游戏笑翻天，
便扭头逃出剧院，因为
夹在这些脑满肠肥的笑者中间，
他觉得自己是那样地孤单，
这令他头脑发晕，眼前昏暗，
他等不及落幕便要提前开溜。
终于可以喘口气了，他抬起眼睛，
看着那布满群星的蓝黛色天穹。
啊，告别戏院，夜晚多让人喜欢，
美呀，那缓缓流淌的黑色的塞纳河，
在旧桥拱下默然输送着它的水波，
灯光的影子拉得很长，随之战栗，
如墓穴的尸布上一串串银色的泪滴。
这悲哀，令人将方才可恶的狂欢忘记，
噫！神圣的娱乐如今已何去何从？

是什么样的邪恶污染了我们高卢人的血统？
几时，我们才能重拾以往那真挚的笑容？
眼前今时，竟如荒唐的酒神日：
脏脸谱的闹剧，被搬上庸俗的戏台子；
在可爱又高贵的民族里，卑贱的方言
毫不知羞臊地要与法兰西语一争高低；
颠三倒四的俚曲，把人嘴变成兽咀；
肮脏的故事，是只能照见恶俗的镜子；
风言风语和疯话，把俗气自认为有意思；
剧本和折子戏，净讲鸡鸣狗盗之流，
给那些把良心揣在罩衫口袋里的人瞧。
蛊惑太太和夫人们犯罪的滑稽剧，
缺德又可鄙，是对丈夫们严重的失礼；
龌龊的节目，给女人的身体明码标价，
如杂货摊上边展边卖的番红花，
为勾引那些贪婪的登徒子百般筹划；
借助布景、笑料粗俗的恶作剧，
只能靠麻醉看客的眼睛来保证人气；
荷马的竖琴，被拿来弹奏街头的小调；
不贞的爱情里一切令人憎恶的把戏，
将真的爱情导于堕落，变成即兴的游戏：

正是这些乌七八糟，逗得众人哄堂大笑！

蠢货们！众人所膜拜的永恒的金牛犊，
如此容易地吸引他们，奴役他们，
如无声的锁链令他们俯首称臣，
你这崇尚暴力的恶魔，最擅长欺人，
对自由神圣的思想，从来是恶语相向。
继续你的奴役吧！总有一天，
你也要被视为下贱的丑角、玩偶和笑谈！
愿理智的鞭梢在你的皮肉上炸响；
愿它喜气洋洋；愿它无情地矗立；
愿它将那愚蠢的讥讽反抗，
愿它把你剥个精光，
将你巨大的丑恶和笨拙在太阳底下晒晾。
起来吧，莫里哀[①]！起来吧，阿里斯托芬[②]！
让我们一起行进！教粗鄙的百姓听一听
那理想的颂曲，它在苦笑背后，在大笑之余，
在这巨大的欢笑声中，正义如铁块，
因猛烈而真诚的碰撞，噌吰作响；

①莫里哀（1622—1673），十七世纪法国著名古典主义剧作家。
②阿里斯托芬（前445—前386），古希腊著名喜剧作家。

在理智的复仇者、勇敢的反讽者
和美丽的欢笑者之间，那永葆青春的心灵，
在他们雄壮的胸膛里砰訇地跳个不停。

失 望

死水是一面镜子，
它较清水更真实，
倒影以色彩遮掩了它的脏水底，
令它变得异常美丽。

拂晓、鸽子与乌云，
在上面清晰地映现，
碧空的开阔与辽远，
在其中毫厘不减。

水蛇与蚂蟥，
看不见、数不清的虫类
在这不洁的水面上，
来去轻盈地游荡。

上方之物的反光，
掩蔽了它们，
那狡诈的光令眼睛产生幻象，

似有深蓝的大渊在那里铺张。

天空透过此等可怖的卑污之物，
没有遮拦，没有褶皱，熠熠生辉，
它将那脏物变为群星，
而后在其下拱起了穹顶。

然而，那极力要凑向群星、
想在那里安歇的嘴唇，
却始终觉得前面有个妖精
要猛然咬住它的亲吻。

理想就如这般映现
在一个卑鄙的情人的眼中，
灵魂便这样沉沦其间，
于是觉得现实丑陋不堪。

心的搏斗

心哪，你难道永远只能为爱情所咬噬？
意志于你更有何用：
难道不是为了终结你的疼痛，
让你超越本能，
坦然地坐在被驯服的欲望之上；

就像一个斗兽者，
经过角斗将老虎制住，
骑于虎背，流着血用拳头
将这猛兽摔在地上，迫使它害怕
那个它曾咬过的人那样？

这孤身与野兽同笼的斗兽者，
他只能自己帮忙，
没有人与他共此患难，
他明白那猛兽为何嘶喊，
别人却听不懂这语言。

与此相同，在和欲望的搏斗中，
心哪，也不要指望别人！
不要在虎口下等待别人的救援！
在无人与你一道涉险的地方孤身搏斗，
倘不落败，便能取胜。

叹 息

不识其面，未闻其声，
从未呼叫过她的姓名，
却一直忠贞不渝地等着她，
永远爱着她。

张开的双臂，已等得疲乏，
于是空空地合起，
却还是要一直伸向她，
永远爱着她。

啊，只有将这双臂伸给她，
只有在眼泪中枯萎，
可这眼泪一直在流下，啊，
永远爱着她。

不识其面，未闻其声，
从未呼叫过她的姓名，
这爱却一直越来越温雅，
永远爱着她。

永 别

当至爱之人咽下最后一口气，
亲人们还不能相信他已离去，
他们还不能为他放声地悲泣，
死亡的到来令他们措手不及；

无论是黑漆漆的丧衣，
还或是残忍的安魂曲，
都不能使得他们绝望：
心与口仍被惊慌封闭。

看着那坟圹的深处，
他们不知悲从何来，
被土块叩响的棺材，
他们完全搞不明白。

真正的永别，是在家里，
是在他们的视线
第一次落在空置的座位
与餐桌的四围的一瞬间。

爱抚

爱抚不过是叫人苦恼的冲动，
是无助的爱情的徒劳的尝试，
爱情诉讼肉体结合灵魂，却只徒劳。
啊，那些用吻来折磨自己的人们，
你们如死者一样孤单而彼此疏远！

母亲呀，你将孩子徒然抱在怀里，
以他为你身上最可宝贵的东西：
却不知，这些昧心的小玩意不再属于你！
你再不能将他们索回，他们只属于自己，
打出生的那一天，他们就已经将你遗弃。

儿子呀，你抱着母亲放声地悲泣，
懊恼如今你的生命只能属于自己，
白白哭喊着要将生命为她还回去：
算了吧！你的身体不会再变成她的血液，
她的力量与品格也不会再变成你的强壮与道德。

·

朋友呀，你们的拥抱也一样白费，
真诚的眼光和紧握的手掌都是不知所谓：
没有一条可以径直通往灵魂的坦然之路；
唉！没有办法将整个心灵放在手心之间，
也没有办法将一切所想倾注在眼神里面。

恋人呀，最悲惨的还是你们，
美貌和欲念令你们温柔或是忧伤，
热吻使得你们惊呼：“我要死了！”
你们的双臂疲乏在心灵交融之前，
你们的双唇只能凑在一块儿烧完！

爱抚不过是叫人苦恼的冲动，
是无助的爱情的徒劳的尝试，
爱情诉讼肉体结合灵魂，却只徒劳。
啊，那些用吻来折磨自己的人们，
你们如死者一样孤单而彼此疏远！

暮 年

愿时光飞逝！我向往那无拘的年纪，
那时，我的血液将在身体里流淌得更加驯服，
我可以不必再为活得舒坦而沾沾自喜，
带着暮年的艰辛安静地苟延于世。

当爱情里从此再无亲吻，
不再以不洁的狂热令我欲念焚身，
当我不再为可能断送的命运而担心，
我便可以心不逾矩地享受剩下的温存。

幸福的孩童啊，来到我的路上！
我可以将他们的学校搬到草场；
幸福的年轻人啊，我要与你们握手！
如蒙所愿，让我来安慰你们的衷肠。

我断不会说：“这是一生最美的时光。”
因那堪称最美的青春已成为过往；
但我仍将乐于亲近二十来岁的年轻人，

以便为我重生的灵魂加添一点热量。

愿我年老却不衰朽，愿我永远记住
那些心灵于其欢喜跳跃的年纪所感知的事物，
美和荣耀，以及不屈的律法，
愿我能自由地思考，直至迈入坟窟。

女人啊，当欲望从我身上溜走，
我就像从胸口拔出了一把匕首，
那时，我将会看清，
美貌不过是你身上的一件外套。

愿我在此暮年可以将人生冥想，
愿我最终可以如此安坐着挣脱苦痛的牵绊，
就像人们立于山巅，
看河川与道路那庞然的转弯和痛苦的回环。

将　死

在我将死时为我帮忙的人呀，
你们啥话也别对我说；
就给我来点和美动听的音乐，
我便可死得其所。

音乐给人以安慰和欢乐，
可以赶走哀伤；
体谅我的痛苦吧；
拜托你，啥都别讲。

我厌恶说话，
厌恶言语里掺杂的虚假；
我喜欢不必费心去猜的音乐，
只消去感受它；

旋律提携着魂魄，
不必用力便将我
由谵妄带入迷梦，

由迷梦带入冥河。

在我将死时为我帮忙的人呀，
你们啥话也别对我说；
让我少受罪，就来一点音乐，
我便能好受一些。

请找来我可怜的妈妈，
她正在野地里放羊，
劳你们告诉她老人家，
在我墓边，我想听她——

——想听她轻唱着
一支古老的谣曲，
一首简单、淳朴又甜蜜的歌，
声音隐隐约约。

你们一定能找到她：
乡民的寿数往往很大；
而我所生活的地方，
人人蚤死，寿命极差。

让我们俩单独待在一起：
我们的心合而为一；
她以颤颤的声音唱起歌，
将手放在我的额际。

或许，永远爱着我的
只有她一个，
我将踏着她古老的歌声，
回到孩提。

好使我在将死的最后一刻
不会感到心碎欲裂，
好使我不再追索，
好使方死之人如同方生。

在我将死时为我帮忙的人呀，
你们啥话也别对我说；
就给我来点和美动听的音乐，
我便可死得其所。

遥　远

梦里一直浮现的纯洁如新的幸福，
遂心的情侣只能享受它的一刻。
他们毫无激情的嘴唇不哭不乐；
温暖的家变成了掩埋爱情的坟墓。

因为遂心的眼对美生出厌倦，
许下尊敬不渝之愿的唇时常撒谎，
爱之春日的百合一经被碰伤，
便会在其他百合开花的地方凋散。

我甘受远离她孑然生活的痛楚，
我的尊敬那样忠诚又从不声张，
在我心里不会为任何厌倦所苦。

我的尊敬如面纱将她的美遮住，
我将她视为永恒，以这样的感情
毫不贪心地爱着她，像爱着星星。

祈祷书

这一本祈祷书，来自弗朗索瓦一世年代，
年岁的锈迹已将它的纸张染得苍黄，
敬虔的指触已将里面的徽章磨光，
精致娇小的书本，羊皮纸上刷以银粉，
那正是从前金银匠师们的一种好手艺，
手法是老辣还是生涩，一瞧便知。
我在这本书里找到了这一朵干枯的花。

夹在印满字痕浓重的羊皮纸中间，
这朵花看起来已经历漫长的岁月：
也许它足有三百岁；但这于它又有何碍？
除了少些红艳，它的一切都在，
没准早在它干枯以前，
它的花粉就已挥洒在一日之间，
被经过的蝴蝶粘在鳞翅上飞远。

这花朵还保留着内心处的雌蕊，
也没有一片脆弱的花瓣被弄毁，

在最后的朝露被干燥的地方，
书页上还留着卷起的波浪；
它仅被摘下时由死亡亲吻过，
这死亡倍加小心，只是黯淡了它的颜色，
却没有改变它的模样。

它郁结而微妙的香气，
如缓然腾起的记忆，
那紧锁的珠宝匣子中的秘密芳香，
泄露了这古老花朵的身世；
岁月间吐露着物件的气息，
作古的爱情透出着小径的幽香，
那大风吹过玫瑰的小径。

或许，在夜晚幽暗轻灵的空气中，
曾有一颗心如烛火般跳动，
意图打开书的旧纽扣，如打开一条道路；
或许，它每晚都在等着读经时刻的到来，
怀着有只手曾将书页翻动过的期待，
殷切地想知道它的礼物是否还在，
那一朵夹在书中的花。

唉，死了心吧！

你这去了巴维[①]沙场就没能回来的骑士；

还有你，像那位骑士一样爱着她的书页，

默默吐露着圣母经中的爱情：

这一朵不知在谁的眼下死亡的花，

三百年来一直躺在那儿，

躺在最初你夹放它的地方。

①意大利地名。1524年2月24日，弗朗索瓦一世在那里被西班牙人击败、俘虏。

可咒诅的夫妇们

有时候，犯下罪过的并非所谓坏人，
却是那些终其一生都不能明白
田间的畜力也当有其自由的幸福、
尊重律法可以保障其安全的愚民。
多少暗昧的爱情最终无处栖身！
多少垫子在破房间里被迅速踏穿！
多少野游的马车在阴暗的日子里，
羞于拉开它们龌龊的红色布帘！
一切这类可咒诅的夫妇们，
被欲念折磨得魂不守舍，
在等待煎熬过后（那实在是最糟的狂热！），
一个小偶然便足以令他们的嘴唇挣扎，
便疯狂吞咬着那一丁点的欢乐；
因为他们为此煎熬了好多天、好多月，
为了在瞬间完成一个肉体、一个灵魂，
在担惊受怕里，在律法睽睽的盯视里，
在虽有哭泣却仍然下流无比的亲吻里……

老 屋

我不喜欢新房屋，
它看上去面容冷酷；
老屋却边忆边哭，
活脱脱地像个寡妇。

旧墙壁上的裂痕，
如老者脸上的皱纹，
玻璃窗泛着绿光，
如哀戚和善的眼神。

以栅栏破旧之故，
老屋的门更显好客；
因其招待过客人，
老屋的墙非常熟络。

钥匙于锁中锈蚀，
因心灵不再有秘密；
年月黯淡其箔粉，

令诸肖像趋于相似。

画内亲切的声音，
是列祖列宗的灵魂，
卧于大床上呼吸，
幔帐拂起条条褶纹；

我爱那烟熏火燎的壁炉，
从那里能够听得见
外面的春燕呢喃
或是冬雨声声点点；

我爱那拾级而上的木梯，
每一台阶宽而且矮，
已被踏出了凹槽，
要走几步脚最明白；

我爱那桁檩已弯的屋顶；
天棚木板已被蛀空，
不复存在的树林，
在龙骨下悠如梦境。

我尤其喜爱
在炉火烧旺的厅堂，
撑起了整座旧房，
那独此一根的横梁：

它岿然不动，任劳任怨，
仍然如从前那般，
为始终信任它的愁者与笑者，
英勇地撑起房檐。

尽管开裂的腰间，
伤口变得越来越深，
已然被蛀虫咬烂，
它却未因负重折断；

那坚实勇敢的橡树，
仍在摇篮摆动的节奏中服务，
以我们所未知的力量
凝起最后的力气作此付出。

婴孩们已经长大，
横梁却已有些弯曲；
它将弯曲得更大；
负义之徒将把它向火堆扔下……

当这横梁被烧完，
对它的贡献的回忆，
也将会烟消云散。
它将变得不可再见，

被冠以其他名称，
散落在各类孑遗中；
死了就什么都不会留下，
可见，它是真的死了。

老而无用的女仆
忧郁着孤苦地死去，
它像这女仆一样，
不再被倚重，彻底消失。

因此，当老屋的碎片

被丢入炉火之间，
沉思者觉得自己的灵魂
也焚化在蓝色火焰里面。

牵牛花

你听我谈论死亡却不觉可畏，
因为希望向你许诺过死如沉睡，
短暂的睡眠于死之阴影中开始，
结束于星汉灿烂的光明之地，
若此言当真，请接受我最后的祝愿，
祝愿那一天，我先你踏上独行的路。

别在我阖起的眼皮上种下
粗鲁的大丽菊和骄矜的玫瑰花，
或是生硬的百合：它们太高大。
我想要的并非这些高傲的花朵，
否则，我将只能感受到黑暗里
这些强势的邻居胡乱摸索的根系。

不要大丽菊，不要玫瑰，也不要百合，
请将愉快的牵牛花播到我的身边，
它天然地沿着绿栅栏向上攀缘，
以便在你灵魂遨游的碧空留下牙印，

它以你的美搭建花边，
将你的窗口变成了空中的花园。

它才是身归土灰的我想要的朋友：
爱人，当你呼着我的名字将它亲吻，
纤柔的它便会由地下向我疾奔，
它将钻过某一条狭小的缝隙，
带着你的心，轻轻抵达我的尸床，
用希望将我死去的嘴唇装扮。

乡村正午

羊不啃草也不动弹；
牧人远远躺在一边；
尘土在大路上打盹，
驾夫在车辕上昏眠。

铁匠在铺子中酣睡；
瓦工在长凳上侧躺；
屠户打着巨声鼾响，
畜血还残留在臂上。

胡蜂在餐盘边游荡，
枝叶掩住屋的侧墙；
爪子抱着嘴巴鼻子，
家狗呜呜进入梦乡，

白鹡鸰停下叽喳声，
蓝天下的水槽旁边，
一群白花花的野兽，

在显眼地晒着太阳。

小学生们闹闹哄哄，
浑然不怕那根戒尺，
像蜂群一样乱嗡嗡，
还有没好气的ABC……

沉沉熟睡的麦浪中，
热风舞动它的长巾，
日光下苍蝇哼哼哼，
那像是竖琴的声音。

老人们一动也不动，
就如同死人们一般。
站在门槛的石头上，
手中还拿着纺纱杆。

就在这正午，窗户
传出来喁喁的情话，
恋人们并没有睡觉，
夜半或许更无拘束。

灵与肉

肉体的嘴唇幸福了，
它们甘甜的亲吻可以互为答问；
呼吸的胸膛幸福了，
它们的哀叹可以彼此交混。

血流的心脏幸福了，
它们的跳跃可以被彼此听到；
那些的手臂幸福了，
它们可以互相伸出、拥有和环绕。

眼睛和双手也幸福着，
前者可以看见，后者可以碰触。
人们的身体啊，真叫幸福，
睡如安息，死如消亡。

但灵魂啊，真是可气！
它们从不能够彼此触摸：
就如炎炎的热火，

被隔以厚厚的玻璃。

在它们阴暗的牢笼里，
这些火徒然呼唤着彼此，
它们不断互相靠近，
却没有办法合为一体。

有人说它们长生不死：
但是啊！若能合在一起，
它们宁可只活一天！……
哪怕耗干了爱情，只奋力一燃！

最初的哀伤

我想起从前，我的母亲，
她本可以打扮得光彩照人，
却总穿得一身缁色，
我不知道这是为什么。

打开那阴影幢幢的衣柜，
我觉得费解而忧心，
因为我看到深色的衣裙边，
还挂着深色的长围巾。

原来色彩夺目的衣衫，
如今全被镶以黑色的花边，
母亲曾穿戴过的一切，
眼下全都蒙上了她的哀伤。

黑暗在不知不觉间
悄然从我眼间落于心上；
它对我透露着某种

无休无止的空虚和茫然。

当我奔跑过，
孩子们嬉戏的草场，
我欣赏着他们的鲜艳欢快的罩衫，
对上面的蓝色方格由衷艳羡。

但那神圣的悲痛
已然将黑纱缠在我的身上，
我接纳了它的馈赠，
便陷入了莫以名状的哀伤。

行业歌

献身伟大而高尚的艺术的孩子们，
扶犁者与手持瓦刀、锉刀者，要比你们走运！
他们日常的苦痛，
当日都得以放松；
而你们，双手轻松的脑力劳动者，
却被工作累得半死不活。

拙朴的农夫为别人耕地又播种，
他们的活计较你们繁杂沉重；
他们得到了应得的一份，
满可以用来养活家人；
而你们，哼起小曲编织轻巧的花冠，
饿死在收获的秋天。

夜色昏暗，面庞映得红亮的铁匠满头大汗，
滚烫的炭火炙烤着他的嗓子眼；
他以大杯饮至酩酊，
内中家酿从未告罄；
而你们，雕镂着精致的金盏，

饿死在无物果腹的灶间。

面色苍白的织布匠弓身在布匹前，
他们从来不看星星月亮或是蓝天；
他有四季衣裳，
从未挨冷受冻；
而你们，以轻薄的花边镶缀着美梦，
冻死在漫长难熬的严冬。

艺高胆大的泥水匠将其身家性命
层层拴在狭长又容易倾倒的脚手架上；
他冒此生死危险，
为后代留下房产；
而你们，将天梯搭向了上帝
死于无家可归的境地。

既然样样不如人家，你们就不如与世无争，
可当夜幕同时降下，一天的工作同样完成：
他们回到健壮的太太跟前，
心满意足又无所顾忌地爱着她们；
而你们却安抚着不肯宁静的灵魂，
温存更会要了你们的命。

印 记

据说，孕育期间，
母亲们内心的许愿，
即便是荒诞无稽，
都将给孩子留下印记；

愿这印记，
如她们梦里所期许，
随孩子的身量长大，
没什么能将它洗去！

那离奇或高尚的企盼，
形成于生产之前，
它铭刻于肉身里，
并因此将灵魂印记。

你呀，我的至亲，
却将痛苦传与了我，
那日你为我孕育灵魂，

为何如此蛮横又苛刻?

在你还不认识我，但已爱着我，
面色苍白的你，已然是我的母亲，
或许当时，一块云彩正在游弋，
如同碧空里一座洁白的岛屿。

那上面有世间所无的绿洲，
那永恒令你难过泪流，
你一定是在喊着：“让我过去!
我愿意在那里淹留！”

“我要翅膀，翅膀！”你如此喊道。
你站起来又几欲晕倒……
便是在这时候，
你感觉到我在发抖。

我的整个生命便由此而来，
虚弱迷离，恍恍惚惚，
渴望着遥远的天堂，
始终带着这样不变的愿望……

最后的孤独

这活人的大型假面舞会，
言语举步形同傀儡，
借以表明思想的话语被覆以伪装，
勾画精致的脸谱代替了面庞。

是时候了！不再对意志盲从，
不再令动作听诸远方凌乱的灵魂，
身体猛然坠入可怕的昏沉，
不再做意志的共犯，却成了证人。

因此，曾受制于意志，
团团曾经潜藏的晦涩的意识，
如阴云在额上腾起，
里面有已经起笔写作的动机。

忧愁与微笑的皱纹不再相交，
心已爬上了脸角；
目光不再允许眼睛撒谎，

未讲过的话出现在唇上。

是坦诚的时候了。
浑然的死者，带着其咽气时的模样，
一旦被迫恢复原形，
必使相熟的人们大吃一惊。

最快活的笑容也有其心伤，
最严肃的人也应笑得欢畅，
人人都该坦诚，如此过完一生，
这正是死者以其赤诚留给你们的警醒。

清晨醒来

若你是我的（做此怪梦又有何不可！），
我愿意每日清晨先你醒来，
以便支颐长久看护你天使的沉睡，
喁喁诉说，如一条流过远方的小河。

我将漫然走动，采下蔷薇，
不作声息，满心欢喜，
小心翼翼地将你胸前的两手分开，
以便吻你的眼睛的同时将花放在你手里。

在最为上帝所眷爱的事物里，
你充满新奇的双目首先将大地辨认，
继之，乍然出现的目光投向我，
填满了你的心，充满了我的礼物。

啊！如果你素来知道他的爱意和痛苦，
那么朝日将现的时候，他将
把一束看不见的鲜花放在你的胸口
你一醒来，便可得到幸福！

其　他

忧 悒

我做梦的时候，
白色的露珠在野地里悄然凝结，
夜晚冰凉的手，
将它们放在花朵的纤纤茸毛上。

没有雨水，天气晴朗，
这些抖动的水滴竟来自何方？
那是因为远在凝结之前，
一切露水都已在空气中隐藏。

天极无泪，天庭辉煌，
我的泪水又是来自何方？
那是因为早在形成于眼中之前，
我已拥有这泪水在我心上。

这悲哀，我已记不起
它为什么痛苦和它的名字，
夜啊，它是你用以
制造眼泪的忧悒。

碎 瓶

花瓶因微弱一击生出裂隙，
瓶中的花草今已枯黄凋谢；
那一击实在是轻微，
没有发出任何声息。

那一条浅淡的裂隙，
将花瓶日日地侵蚀，
慢慢延及它的周身，
看不见却坚定不移。

瓶中清水渗滴殆尽，
花儿因脱水而枯萎；
无人对此产生疑心。
莫再碰它，花瓶已经破碎。

爱人之手也是这样，
带着痛苦加于心上，
心因此而自行破裂，

爱情的花草随之渐渐枯黄。

世人看他完好如初，
他却低声悲鸣，感于那
深而细小的伤口的增大，
心已经破碎，莫再碰它。

眼 睛

蓝的或黑的，都是那般可爱与漂亮，
这无数眼睛，都曾看见黎明的曙光；
它们如今都长眠在墓穴的深处，
而那太阳，却依然升起于东方。

较白天更其多情的是夜晚，
它迷惑了无数人们的双眼；
夜空中还有星星在闪耀，
眼睛里面却充满了阴暗。

啊！难道它们瞎掉了？
不！这不是真的！
它们只是转移了地方，
某个肉眼不见的地方。

星河西流离我们而去，
但是仍高悬于天际，
瞳仁同样要睡眠休息，

但它不会真的消亡。

蓝的或黑的，都是那般可爱与漂亮，
它们于墓穴的另一个方向，
朝着某个伟大的黎明睁开，
阖起的眼睛，它们仍在看，在观望。

普吕多姆及其作品

在1863年2月的某个夜晚，普吕多姆把他与一位老友饶有趣味的谈话记在了日记上，这时他刚满24岁。他在巴黎的一条意大利大街与这位老同学碰面，因为是毕业多年后大家的首次重逢，在相互寒暄中，都会问到对方现在从事的行业。他的朋友先告诉他，“我现在做点杂货买卖。”“你是做什么呢?”他接着问普吕多姆。诗人用一贯调侃的语气，不急不慢地回答：

“给人下定义，就是我的工作。”

听到这句话，他的同学顿时目瞪口呆。

“他站在那儿愣住了，”普吕多姆在日记中这样描述道，“手指间的雪茄不停地抖动，惊讶的嘴巴张得大大的，久久没有合拢。呆了好一会，他才笑眯眯地说：‘你有这么多的闲暇时间，真是太幸福了。’‘闲暇?这工作可是让我每天都忙得团团转呢!’‘那这个工作一定很赚钱!’‘我很有钱，都快比得上那个吃了上顿没下顿的乞丐乔布了!’‘我对于你做的工作有些疑惑，就算你发现了定义，这些定义有什么用呢？’‘我会将定义以诗歌的形式表达出来，因为这是我唯一的、也是最后的撒手锏。’接着，他说他暂时不能在这儿和我聊天了，要离开一会儿，到一个轻松的环境里放松一下，才能继续思考，然后马上就跑开了，走的时候仍然是一脸疑惑。我想，我说的这些对于他可能有一些难以言喻的感触吧！”

从哲学的角度去提炼诗的精髓，是普吕多姆本人毕生的心愿。创作此类诗歌有着几乎不可规避的风险，因为它注定是小众化的成功，抑或是短暂的成功。对于一位追求完美的作家而言，这无疑是最残忍、最致命的条件，因为即使是在那一小撮敏锐的读者中，懂得欣赏他在这上面冒险获得的成果的人也寥寥无几。因而，《命运》（1872年）、《正义》（1878年）和《幸福》（1888年）这些哲理诗集的出版，未能在大众读者心中留下深刻的印象，也是意料之中的事。倒是像《碎瓶》这类优雅精致的小诗以及少数一些生活杂感诗作让读者们记住了他。后人在评价他时，往往质疑他是否够得上一位大诗人的称谓。

他1839年在巴黎出生，原名为勒内·弗朗索瓦·普吕多姆。在他在两岁时，父亲因脑膜炎去世，体质虚弱的他就一直和母亲、大姐一起生活，苏利这个名字就是从父亲那里借用、长大之后才加上去的。求学时期，他无论是在数理还是人文学科方面都表现出过人的聪慧。毕业时，他的数理成绩非常优异，于是打算进入艾科尔工技学院学工程学；为了通过入学考试，他常常开夜车看书，最后导致眼睛发炎，只得终止复习，忍痛放弃当初成为工程师的梦想，改做其他。之后，他成了一家公证处的职员，白天忙碌于堆积成山的契约书和具结书之间，晚上下班回家后，心情陡然放松下来，细细地品味着生活的见闻与感触，将时间都献给了诗歌创作。

不过，在工技学院入学考试前不久，他经历了一次超乎寻常的信仰危机。那是在里昂，他去亲戚的家里做客时，接触到一些狂热的天主教徒。那种极具神秘色彩的宗教氛围让他耳濡目染，整日都挥之不去。他天生是一位好钻研的青年，对此无法抗拒，马上也随着他们狂热起来，摇身一变成了黑袍教的教徒。但是一旦与里昂告别，狂热的火花也随之幻灭了，不过，这并不是一种对信仰的全盘否定，与之相反，对宗教的那种坚定的渴望在他心中扎下了深根，因为仅仅在哲学的范畴中，还无法很好地解释宇宙的诸多超自然现象。

少年时期，因为多愁善感，他的爱情也颇为坎坷，生命历程中留下了深深的伤痕。小时候，他和一位小他两岁的表妹一起成长，是两小无猜的玩伴。那个时候，虽然还都是小孩子，他却暗暗许下心愿长大后一定要娶她为妻，并自认为对方也存着同样的心思。没有料到的是，有一天，他漂亮的表妹突然告诉他一个消息，说自己已经和别人订婚了，而且从她的表情可以看出，她是真心的高兴：要么她是在假装对儿时的感情毫不知情，要么就是完全没有把他们之前的情谊放在心上。普吕多姆感觉受到了奇耻大辱，悔恨当初，最后竟终生未娶。

1865年，普吕多姆的部诗集《音节与诗篇》出炉。如果以现在的眼光重读这本书，也许会感到平凡无奇，但在当时却是引起了巨大的反响，也非常畅销。作品中表现出来的宛若天工的构思和娴熟的技法，很难想象得到这是出自一位刚开始写作的人之手。代表作品如《我再也见不到她》《所有的紫丁香都死在地上》以及《美女樱凋萎的盆钵》等，被多部选集所摘录。

其后四年是他平生的多产期，从1866年到1870年，创作的灵感源源不绝，第一部是《奥吉亚斯的牛圈》(1866年），将古希腊的诗以散文的形式描述；《意大利笔记》(1866年—1888年）和那些普通的所谓笔记比起来还是要严肃得多，有人把它比作优雅的年轻夫妇所留下的蜜月相片册；《审判》(1908年，作者去世后才出版）是一卷商籁体诗，其中涵括了他一生所写的最优美和最有价值的诗篇，那些关于在宗教摸索的路途中所遭遇到的绊脚石与自我的抗争；1869年问世的《孤独》，如此深沉忧郁的基调与那些浪漫浮夸和无病呻吟相比，自然是要动人许多，这种韵味要归功于它朴实无华的词语中杂糅的丝丝散文化韵味。

诗歌的主题在不断地变化，显而易见，普吕多姆这个时期的作品将自己青年期的心理冲突展露无遗：结束对表妹痛苦的单恋，在里昂突然受到那种宗教狂热袭击，这些冲击都在他脑子里百转千回、难分难解。总的来看，内心的困惑与冲突是他诗歌的中心思想。

自19世纪下半叶，法国文学界中浪漫诗的优势地位已经逐步丧失，欣赏品味的变化是由普吕多姆带动的，就现代读者来看，这种毋庸置疑的历史趋势或许有些让人匪夷所思。那些自然而然的情绪所构成的灵思，一般是无法轻易读懂的，创新的独特象征充斥着文章的各个角落，偶有人工雕琢之痕迹，但大体还清晰，细细品读字里行间，感受得到作者思想上所受的煎熬是如此真切，这和那些浪漫主义者做作的表演是完全不同的。

他的作品与当时法国后期浪漫派有一些相似之处，都是从自我的直接经验中精炼和挑选巧思妙句。不过他终归是偏向理性的诗人，思考的方式是向内探索，如此一来在审慎中就摒弃了一些非理性的色彩。

1870年，普法战争爆发了，这一年在普吕多姆的一生中有着重要的意义。这位渴望和平的诗人受到了重创，他将自己的爱国情怀都寄托在《战争印象》（1870年）和《法兰西》（1874年）两册诗集中。后来，巴黎沦陷了，每个人都面临着极端恶劣的条件、艰苦的生活和紧张的局势，那丧权辱国的城下之盟更让人难以忍受，为此他义愤填膺。他的身体也大不如前，最后导致下半身完全瘫痪。

同时，1870年初，在短短几天之内，和他住在同一栋公寓里面的叔叔、婶婶和母亲相继去世，可以想象这一系列噩耗对这位敏锐的诗人的打击有多大。他的亲人就剩下姐姐了，但她早已远嫁。这个时期，他的心情是极度低落的，诗歌中常常表现出落寞的冷静。

即使在成熟时期，他的作品中也充满了自我的无奈，他清晰地知道自己特意地攻克这个难题。如果我们仔细地品读他的诗作，就可以从多个角落中发掘到情与理的冰火不相容。曾经，他的诗中出现过帕斯卡尔说过的一句箴言，简洁有力："心灵的力量足够强大，理智都不得不为之屈服。"

步入中年的普吕多姆，正式宣告他接受罗马诗人卢克莱修的决定论。其实，多年以来，这位异国诗人就对他产生着极大的影响，在他前期的很多作品中就可以窥见这种思想，这是他首次以这种形式公开承认此事实。卢克莱修提出，世界不是在某种幻想中的变化多端的神统治之下，而是被现在无法预知的规律所支配着。遗憾的是，这种信仰不但没有让他与世界更加亲密，反而加重了他对外界的疏离感；与这种感受相碰撞时，他选择了关上心门内省的方式，将内心看作是纯粹的净土。从精神上，他坚信道德将会随着社会的发展而变得崇高——在这个意义上，科学仅代表物质。一位有使命感的诗人，要用自己的作品去为人类的进步做出贡献。

普吕多姆的成就是非常有意义的，普通的读者往往忽略他其实是一位哲学诗人的身份。对于那些总是提及他《碎瓶》一类的抒情诗作品，而忽略那些富有内涵、展现他雄心壮志的哲理诗的人，他既生气又无奈。

不过，如果获得官方的充分肯定和褒奖，他的郁闷就一扫而光了。或许是命运之神的眷顾，1881年，他在40岁时，就被聘为法兰西学院院士；不久后，在众院士中崭露头角，主持参加各种重要会议；其后，顺其自然地成为获得荣誉勋位的重要人物——在1901年更是荣获第一届诺贝尔文学奖。他把领到的奖金拿出来设立了一个诗歌奖，用以鼓励新进诗人。迄今为止，这份奖金仍然在以他的名义继续着，大部分用来奖励给那些为法国诗歌注入新鲜活力的年轻诗人。

1871年落下的病根使他的身体日渐衰弱，但他心灵的深处无时不在沉缅于过去的忧思。后来，他患上了失眠症。或许是那暗夜的星空让他感受到心中的宁静和肃穆，而步入神的殿堂，蒙受启示，他写下了那些清澈如水的诗句：

啊，在庄严肃穆的夜空，
在一望无际的天边，悄悄地
将串串的珍珠，还有那
千千万万个小世界，

注入人们圣洁而甜美的
心灵里。

他一向住在艾丽丝宫附近的一栋公寓里。大概在1900年，他离开了那儿——这么多年，每个月这里的大门都是为那些青年作家敞开着的，欢快地迎接他们的到来。现在，他搬到了巴黎南方几里外夏特尼的一处住所。

他隐居于夏特尼的山野，因为健康状况一日不如一日，所以每天只是和一些交往密切的朋友见面。尽管旧病缠身，他还保留着以前那种质疑与分析的态度，对那些执着的哲理与道德充满了怀疑。在这种价值观和世界观的颠覆中，他渴望获得心灵上的安息与宁静，这就如早年在里昂的信仰危机一般让他无法释怀。然而，对于这个世界的探索，他的思想碰撞与颠覆永远不会停止。晚年时期，他把自己对世界的最终认识记载在散文《帕斯卡尔的真正宗教》（1905年）一书中。

普吕多姆纠结的内心必定比芸芸众生所关心的“感情与理智的冲突”要有内涵与深刻得多。1896年，他写了一本《我懂得什么?》，借此来反省。在书中，他说自己能够明确地知道思想是有限的，却仍对人们的思想抱有无限的信心，“无论西方人有何种重要的发现，火炬也只是将事物的表面照亮，在光的范围内才有意义……我明白生命中有许多莫测高深的、无法触及的源头，这些都不是我们能用感官去体验到的……”

他那种对真理的渴求，让我们看到一颗高贵而骄傲的灵魂在永无止境地追寻着，让我们无法不钦佩。在现实的世界中，他举出无数充分的理由去完成对这样永无止境世界的探求，尽管他的这种努力一直都是面对着虚空——正因如此，他那敏感的心注定只能在漫长的岁月中颠沛流离而不得归属。

普吕多姆获奖经过

1901年，勒内·弗朗索瓦·普吕多姆，笔名为苏利·普吕多姆，这位法兰西学院院士获得了首届的诺贝尔文学奖。瑞典学院第一次在各种踌躇、质疑、争执与担心中下此决定。果然，这个奖项引起了轩然大波。瑞典的一家大报作了下面的评论：

“就像我们所知道的，托尔斯泰、易卜生、比昂松、蒙森、斯温伯恩、左拉、法朗士、卡尔杜齐、米斯塔尔、霍普特曼、埃切加赖都无缘诺贝尔文学奖，获奖的居然是苏利·普吕多姆！不过，我们应该要庆幸，因为还好不是柯贝得奖——他的那种对世界毫无怜悯的独自垂泪的风格，是很可能被这些瑞典学院的人看中的。”

上面的这一段讽刺的笑骂只是抗议言论的冰山一角。

现在，我们来说说学院决定前是什么情况。

最初的时候，诺贝尔文学奖的竞争就非常激烈。陆续寄到瑞典学院的推荐函和建议书，几乎涵盖了二十世纪初期的欧洲文坛全部的优秀作品。

大不列颠孤僻而保守，没有参加此次角逐。

波兰强烈要求推荐显克维支（两位杰出的瑞典历史学家也推荐他）。

德国非常积极。德勒斯登大学的一位教授给学院寄来一封长信，滔滔不绝地推荐一位名不见经传的歌谣作家，称其“拥有罕见的抒情才华”。多位德国学者推荐一位著名的文学史家——他知识渊博，他的作品很久前是全欧公认的范本，不过现在只有到古旧图书馆才看得到印有他名字的作品了。还有一小批德国人提名普罗旺斯诗人米斯塔尔。

法国怎么样呢？法国人一开始就信心百倍，志在必得。

一位于1900年被选入法兰西学院的著名科学家伯希洛用他的院士资格，保荐一个兼有自然科学及自由民主精神的作家；佐拉·赫尔甫则提名罗斯当——《西拉诺·德·别吉拉克》的剧本作者。

其中最突出的就算是瓦耶西·哈多特了。瓦耶西·哈多特出版过一本写他岳父的传记——《巴斯特传》。在法国文艺圈子里面，他可是交友甚广，但是一离开法国，他就是一个默默无闻者了。他是欧仁·苏及列古维两人的侄（甥）孙，又与布洛兹合办《两个世界》杂志，背景深厚，阅历非同一般，对于那些文艺界沽名钓誉的技法自然信手拈来。因此，可想而知，他能够加入到这场角逐完全是因为暗箱操作或者说是背后的某些势力的辅佐。最开始提名他的是一位作家兼学院院士德·沃盖伯爵，他给瑞典学院写了推荐信；接连着，忽然成规模的法国个人或者学院不断地将推荐信投寄到斯德哥尔摩。

这个充满戏剧色彩的推荐立马产生了效应，诺贝尔委员会对瓦耶西·哈多特竟然真的认真考虑起来。还好法兰西学院在这个时候积极加入了这场争夺，才使他们的诡计落空。法兰西学院向瑞典学院寄了一封长篇大论，在发表的声明中推荐学院一位才华出众的院士：苏利·普吕多姆（声明中还有许多重要的文人的联名推荐）。苏利·普吕多姆就这样出现在我们面前。

像意大利、希腊、挪威以及瑞典的那些推荐方式，就显得逊色许多了。譬如，一名乌普萨拉大学的教授推荐他的同僚帕里斯，这样的形式当即被法兰西学院这种半官方的重磅炸弹给击溃了。虽然这些国家冗长的推荐书也是有理有据，但法兰西学院所给的压力太大，瑞典学院实在无法招架。因此，在1901年11月14日，瑞典学院开了一整天会议以讨论此事，会议后就立即通知苏利·普吕多姆本人：诺贝尔文学奖委员会已经确定他为获奖者，“因为他的诗作体现了崇高的理想主义、完美的艺术造诣，以及心与智的珍贵结合。对此我们以示嘉奖。”

11月19日，普吕多姆在信中回复了一则优美的短文；回信就是从巴黎近郊夏特尼那个他隐居的地方发出的：

“我为此感到高兴与自豪。我真挚地认为：奖项是所有文字工作者（我本人亦是其中一员）所努力争取的，这份荣誉应该属于我的祖国——因为在我的文学作品之中，获得此项殊荣的根源，都是来自于她。”

因为获奖不仅仅是荣誉及祖国的问题，还有一笔奖金需要颁发，所以获奖的诗人非常体贴细心地将自己在巴黎的银行地址也附在了后面。

在12月10日（阿尔弗雷德·诺贝尔的忌辰）颁奖正式开始之前，谁也不知道到底是谁获奖，苏利·普吕多姆也一直缄口不语，保守着秘密。日子越来越近了，这个奖项也越发显得神秘起来。任何一家报纸的记者都无法采访到那位获奖的文坛贵人莅临斯德哥尔摩的一丝踪迹。

当时人们只是知道，伦琴教授来到了大酒店，他一定是要领物理奖的。其实唯有主办人员才能了解，其实文学奖的获奖者这次不能前来。因为苏利·普吕多姆早就说明了，因为身体情况不允许，他没有办法亲自来斯德哥尔摩领奖。瑞典学院对此事十分失望。开始他们的计划是，他可能会身着法兰西学院的制服前来。这样，这次典礼会显得愈发隆重。

后来，法国公使马尔尚先生代表苏利·普吕多姆以及他的祖国领取了文学奖。他当天的穿着“质朴又平民，一件黑色外套上没有一颗星，也没有任何的勋章”（一家斯德哥尔摩的报纸是这样描述他的穿着的）。这与当天在现场参加观礼的那些瑞典名流的华丽服饰形成了一种强烈的反差。

过了几天以后，苏利·普吕多姆在那一处宁静的隐居小屋内接受了采访。他笑笑说，当他知道有这么一大笔奖金时，可是意外的大惊喜（他35年的写诗总收入还不及这笔奖金的四分之一）。“我这个时候想到那些因为经济能力有限而不能出版自己的首部作品的作家们。我决定拿出其中的一笔钱，帮助这些人来出版第一本诗作。现在已经有很多请求送到我这儿了，要是我都答应了的话，可会把我的奖金花得分文不剩！”

普吕多姆作品年表

1839年 3月16日，出生于巴黎，原名勒内·弗朗索瓦·普吕多姆。

1865年 自费印制诗集处女作《长短诗集》。

1866年 推出《奥吉亚斯的牛圈》，将古希腊的诗歌散文化。同年出版围绕爱情、怀疑和行动的十四行诗诗集《考验》。

1866—1888年 出版配画诗集《意大利笔记》。

1871—1876年 三卷《当代诗集》收录其高踏派作品。

1869年 出版抒情诗集《孤独》。

1870年 出版诗集《战争印象》，和极具爱国主义情调的十四行诗集《法兰西》。

1872年 出版长诗《命运》。

1875年 出版最后一部抒情诗集《徒然的柔情》。

1878年 出版长诗《正义》。

1881年 入选法兰西学院。

1883 年　出版《散文集》。

1886 年　出版诗集《三棱镜》。

1888 年　出版诗集《幸福——十二首诗歌》。

1892 年　出版《诗歌艺术——沉思录》。

1897 年　出版《诗诫》。

1901 年　出版诗集《孤独与深思》。11 月，荣获第一届诺贝尔文学奖。

1905 年　出版《帕斯卡尔的真正宗教》，是一本研究法国哲学家布莱兹·帕斯卡尔的文集。

1906 年　出版《自由意志心理》。

1907 年　9 月 6 日，逝世于法国沙特奈马拉布里。

1908 年　《战后余灰》和《苏利·普吕多姆作品集》出版。

1911 年　书信集《与女友通信集》出版。

图书在版编目（CIP）数据

孤独与沉思 /（法）普吕多姆著；徐春英译 . —北京：北京理工大学出版社，2015.7（2022.7 重印）
（诺贝尔文学奖大系）

ISBN 978 – 7 – 5682 – 0436 – 1

Ⅰ . ①孤… Ⅱ . ①普… ②徐… Ⅲ . ①诗集 – 法国 – 近代 Ⅳ . ① I565.24

中国版本图书馆 CIP 数据核字（2015）第 072244 号

出版发行 / 北京理工大学出版社有限责任公司
社　　址 / 北京市海淀区中关村南大街 5 号
邮　　编 / 100081
电　　话 /（010）68914775（总编室）
（010）82562903（教材售后服务热线）
（010）68944723（其他图书服务热线）
网　　址 / http：// www. bitpress. com. cn
经　　销 / 全国各地新华书店
印　　刷 / 德富泰（唐山）印务有限公司
开　　本 / 889 毫米 ×1194 毫米 1/32
印　　张 / 7.125
字　　数 / 139 千字
版　　次 / 2015 年 7 月第 1 版 2022 年 7 月第 9 次印刷
定　　价 / 24.00 元

责任编辑 / 张晓蕾
责任校对 / 陈 玉
责任印制 / 李志强

图书出现印装质量问题，请拨打售后服务热线，本社负责调换